悲しい物語がたくさんある本

伊藤紀美
ITO KIMI

幻冬舎 MC

目次

悲しい物語がたくさんある本

ツトム君とユキちゃんの物語

ツトム君は、幼いころからやんちゃで、いたずら好きな男の子でした。中学生になっても、その特性は変わらず、授業中でも、隣の男の子とふざけあったり、物を投げたりして、いつも先生に叱られていました。

中学三年生になってクラス替えがあり、ユキちゃんという女の子と同じクラスになりました。ツトム君は、ユキちゃんを見て、一度で好きになりました。ユキちゃんは、目がくりくりした、おかっぱのヘアースタイルで、おとなしい女の子です。ツトム君は、ユキちゃんの気をひこうとして、いたずらにも拍車がかかっていました。

ツトム君がいたずらをして、先生に叱られているときに、右の前のほうの座席に座っているユキちゃんが、振り向いてツトム君を見ました。ツトム君は、ユキちゃんと目が合うと、さっと机の上に顔を突っ伏して、両腕で顔を隠しました。顔が赤くなったところを、誰にも見られたくなかったからです。ツトム君は、いつもユキちゃんを目で追っていました。でも、声をかけたりはできませんでした。

六月になって、毎日のように雨がしとしとと降り始めたころ、ユキちゃんは、学校を休むようになりました。ツトム君は、寂しくていたずらにも身が入りません。

ユキちゃんが一週間休んだ日の朝、先生が、

「ユキちゃんは、風邪をこじらせて、肺炎になってしまい、昨日、亡くなりました。

皆さん、天国に行ってしまったユキちゃんに、手を合わせて、お祈りをしましょう」

と、言いました。ツトム君は、悲しくて、目に涙があふれるのをじっと我慢して、思いました。

「ユキちゃんが、死んでしまった。なんで、一五歳で命が終わってしまうのだろう。僕も、もうすぐ、命が終わってしまうのだろうか。命って、何だろう。そうだ！　僕は勉強をして、将来、命について研究をしよう」

と、心に固く誓いました。

ツトム君は、次の日から、人が変わったように真面目になり、勉強を始めました。ツトム君の成績は、一学期の終わりには、クラスで一番になり、三学期の終わりには、学年でトップになりました。ツトム君は、その後、高校に進学して勉強を続けて、さらに、東京大学医学部に入学しました。ツトム君の、命について研究をするという意思は、少しも揺るぎませんでした。

そんなある日、ツトム君は、町中の通りを歩いていた時に、ユキちゃんに瓜二つの女性とすれ違いました。ツトム君は立ち止まり、振り向いて、背中を見せて前を歩いていく女性に
「ユキちゃーん」

と、呼びかけました。女性は、立ち止まり不審そうな顔をして、後ろを振り返りました。ツトム君は、女性に走り寄って
「ユキちゃんじゃない、です、よね」
と、言いました。女性は
「ユキちゃんじゃないわ。私はナミ」
と言いました。ツトム君は
「ナミさん……」
と言って、女性を見つめました。このことがきっかけで、二人は交際を始めて、一年後には結婚しました。
ツトム君は、医師になってから三年がたったとはいえ、研修医の収入は少ないので、ナミさんが、スポーツジムでのインストラクターの仕事を続けて、二人の生活を支えました。ツトム君も、掃除、洗濯などをして、家事を担いました。ナミさんは、優しい女性です。仕事が休みの時などは、いつも、心を込めておいしいお料理を、ツトム君のために作ってあげました。
二人は仲良く暮らしていましたが、一年くらい過ぎたころから、ツトム君は、おいしいお料理もそそくさと食べ終えると、部屋に引きこもるようになりました。ナミさ

んは、ツトム君が命について研究をしていることは、聞いて知っていましたが、寂しくて仕方がありませんでした。

このような日々がしばらく続いたある日、ナミさんは、心が折れてしまい、気性の激しい女性に変身してしまいました。ナミさんは、ツトム君に対して罵ったり、怒鳴り散らしたり、手あたり次第にものを投げつけたりしました。ツトム君は、家に居場所がなくなってしまい、大学の研究室に寝泊まりするようになりました。

ツトム君が、研究室のソファで横になってうとうとしていると、ユキちゃんが夢の中に現れました。ユキちゃんは、中学三年生の時のあどけない姿です。

ツトム君は

「ユキちゃん」

と声に出して呼びました。ユキちゃんは

「ツトム君、あなた、何をしているの？」

と言いました。ツトム君は

「僕は、毎日すごく忙しいんだ」

と言うと、ユキちゃんは

「それは、知っているわ。ツトム君、あなた、ちっとも楽しくないわね。中学生の時は、楽しい人だったのに」
　と言うと、ツトム君は
「そうだね。僕は、楽しいことって、何もしてないなぁ。忘れていたよ。楽しいことって、何だろう」
　と言うと、ユキちゃんは
「楽しいことは、世の中にたくさんあるわ。旅行に行くとか、スポーツを見るとか、自分でするとか、ライブに行くとか、おいしいものを食べに行くとか、映画鑑賞に行くとかよ。それは、人によって違うから、体験してみることよ。人は、楽しいところに集まってくるから、まずは、そういうところに行ってみるの。自分にとって、何が楽しいことなのかがわかるの。楽しいことがわかったら、今度は、二人で行ってみるの」
　と言いました。ツトム君が
「二人って？」
　と聞くと、ユキちゃんは
「もちろん、奥さんとよ。二人で行くと、もっと楽しくなるわ。あなたは今、四〇歳でしょ。もう、人生の半分が終わってしまったの。人生は、一度しかないの。でも、まだ、間に合うわよ。人生を、楽しんで生きてほしいのよ。私の分までね」

と言って、ユキちゃんは、夢の中に消えていきました。

安夫さんと時江さんの物語

安夫さんは、子供のころはおとなしい、目立たない男の子でした。勉強をするのが嫌いで、何事にも消極的で、友達もあまりいませんでした。中学生になっても、安夫さんの周りの環境は、あまり変わりませんでした。

安夫さんの父親は市役所に勤めていて、母親は小学校の先生でした。五歳年下の弟は、勉強が好きな利発な子供でした。両親は弟をかわいがり、期待をかけていました。安夫さんは、そんな家族になじめずに、一人でいじけていました。

安夫さんは、せっかく上がった高等学校でも、友達はできなくて、クラスの中でのけ者にされたり、先生には無視されるなどの面白くないことがたくさんあって、すぐにやめてしまいました。ゲームセンターなどにも出入りするようになり、間もなく、このあたりでたむろしているチンピラ仲間と、付き合うようになりました。家には帰らなくなりました。

安夫さんは正義感が強く、他人を傷つけたり、他人のものを盗んだり、ということをしたことがありませんでした。

安夫さんがチンピラ仲間に加わった時は、使い走りなどをしていましたが、同じころ仲間に加わった少年がいました。その少年が、隣町のチンピラ仲間が取り仕切る縄張りとは知らずに入って、風俗店の割引チケットを販売しているところを見つかり、捕まってしまいました。

隣町のチンピラ仲間のボスが、少年の首をつかんで、五人の手下を連れて、安夫さんたちチンピラ仲間が寄り合っている場所にのり込んできました。安夫さんたちのボスは不在でした。安夫さんは

「その仕事は、俺が指示した」

と、嘘をついて、相手のボスの前に立ちはだかりました。相手のボスは

「コノヤロー」

と言って、安夫さんの顔を思いきりぶん殴ったので、安夫さんはすっ飛んで行って、床の上に転がり落ちました。相手のボスは、これで気が済んだ、とばかりに手下を連れて引き上げていきました。安夫さんは、顔がはれ上がり、歯も折れて口から血が流れ落ちました。

安夫さんは、身の危険を顧みずに、矢面に立って仲間をかばったことで、仲間内で一目おかれるようになりました。安夫さんは、弱い者いじめをするものが許せないのです。

安夫さんがチンピラ仲間に加わったことで、少しずつ、仲間内で様子が変わっていきました。これまで、どこにいても嫌われ者で、厄介者扱いされていた者たちの行動

が変わってきました。駅前の繁華街をのし歩きながら、ゴミ拾いをしたり、子供がいると一緒に遊んでやったり、お年寄りが重い荷物を持って歩いていると、家まで運んでやったり、といった、おそらく、これまで、チンピラと呼ばれる人たちが、やらなかったと思われることをやっていて、初め、地域の人たちは、不思議そうな目で、彼らを見つめていました。しかも、彼らの行動が一過性のものではなかったので、地域の人たちの見る日は、次第に温かくなっていきました。

そのうち、チンピラさん、と、親しく呼ばれるようになり、地域の人たちとの間で、信頼関係が生まれました。

安夫さんは、チンピラ仲間の一人が始めた、自動車整備工場を手伝いながら、そこで居候をしていました。安夫さんは、家庭でもなく、学校でもない自分の居場所を、ようやく見つけることができました。

安夫さんは、車の整備の仕事を済ませての帰り道、薄暗い中、オートバイを走らせていました。前方に、数人の男たちが集まって、何やら騒いでいる様子が見えました。安夫さんは、その場を通り過ぎようとして、ふと見ると、男たちに取り囲まれた中に、怖さにおびえて声も出せない様子の若い女性がいました。安夫さんは、オートバイを止めると、男たちに近づきながら

「やめろ」

と言いました。男たちは少年で、少年のうちの一人が

「うるせぇー」

と言って、いきなり殴りかかってきたので、安夫さんは応戦し、ほかの少年たちも加わってきたので、次々と蹴散らしてしまいました。こうして助けられた女性が、高校生の時江さんでした。

時江さんは、幼い時に母親を亡くして、大工の仕事をしている父親に育てられました。子供のころから家事を任せられて、ご飯を炊くのも、お料理を作るのも、掃除も洗濯も、失敗を繰り返しながら上達していきました。

高校生になると、ラーメン店でもアルバイトを始めて、家計を助けました。このラーメン店は、駅に続く商店街の中ほどにあって、中国人がやっていて、手際よく麺を打つところを、店の窓越しに、道を行きかう人たちに見せていました。麺は腰があって、のど越しが良くて、あえてスープの味を日本人好みにしない潔さが受けて、昼食時や夕食時にかかわらず、いつも店内はにぎわっていました。

ある日、時江さんが、このラーメン店でのアルバイトの仕事を終えて、薄暗くなった道を家に向かって歩いていると、このあたりにたむろしている、不良少年のグルー

プに取り囲まれてしまったのでした――。

安夫さんは、助けた女性に
「俺につかまっていろ」

と言って、オートバイの後ろに乗せて家まで送って行きました。安夫さんは、弱い者いじめをするものを、許せないのです。

その日以来、時江さんは、男に恋心を抱くようになりました。時江さんは、男の居場所を探して、あちこち歩き回って、自動車整備工場で働いているところを、やっと探し当てると、自ら、何度も男に会いに行きました。

安夫さんは、これまで一度も、女性に慕われたことがなかったので、戸惑っていました。安夫さんは、自分のこれまでの生い立ちによって、すさんでいた心が、この、自分を慕ってくれる女性とのかかわりによって、少しずつ癒されていくのを感じていました。

時江さんは、高校を卒業したら、安夫さんと結婚したいと思い、父親に話をしました。父親は、娘から、安夫さんと結婚したいという話を聞くと、以前、チンピラだった安夫さんのことを知っている父親は
「あの男はだめだ」

と言って、反対しました。時江さんは、父親に結婚を反対されても、あきらめませんでした。時江さんは、安夫さんと駆け落ちをするようにして、隣の県に行って暮らし始めました。

安夫さんは、その地で自動車整備工場に勤めて、その技術を習得することにしました。安夫さんは、毎日まじめに勤めて、技術も日に日に上達し、五年後には独立して、自分の工場を持つまでになりました。時江さんは、安夫さんを助けて、家事を切り盛りして、自動車整備工場の経理も担当しながら、二人の男の子を生んで育てていました。

安夫さんの仕事の業績は順調に伸びていき、その地に自分たちの家を建てることもできました。二人の子供たちもそれぞれ自立して、家を出ていきました。時江さんは再び、安夫さんと二人だけの生活が戻ってきました。

その頃、時江さんは、自分の体に異変を感じていて、病院に行って検査をしてもらったところ、乳癌にかかっていることがわかりました。癌は、全身に転移していて、もう手の施しようがありませんでした。時江さんは、これまでつらいことがあっても、いつも明るく前向きに生きてきましたが、この時ばかりは声も出ませんでした。

時江さんは、自分の心を落ち着かせるのに時間がかかりました。そして、安夫さんに思い切って打ち明けると、安夫さんは

「そうか……」

と言ったきり、次の言葉が見つかりませんでした。

時江さんは、安夫さんに
「温泉に行きたい」

と言いました。安夫さんは、温泉宿を予約して、結婚してから初めて仕事を休んで、時江さんを車に乗せて、温泉地に出かけました。温泉宿は海の近くの高台にあって、シーズンオフでもあり、滞在客は少なく、静かなところでした。安夫さんは家族風呂を頼み、二人で湯船につかりました。

安夫さんが
「こんなにのんびりしたのは初めてだなぁ」

と、話しかけると、時江さんは、静かにうなずくだけでした。安夫さんは、体力がなくなってしまった時江さんのために、髪を洗ってあげたり、背中を流してあげたりしました。

温泉宿のお料理は、海の幸や山の幸が、少しずつ小皿に盛られていて、どれもおいしそうで、健康な人ならとてもうれしいはずです。しかし、今の時江さんには、箸をつける気にもなれず、とてもつらいものでしたが、決して弱音を吐きませんでした。

温泉宿から帰ってきて、しばらくした冬のある小雨が降る寒い日に、時江さんは、静かに息を引き取りました。安夫さんは、厳かに弔いをして、静かに冥福を祈りました。時江さんの魂は、安夫さんのことが心配で、あの世に行くのをやめて、安夫さんのそばにいることに決めました。

安夫さんは、家事のすべてを時江さんに任せていたので、自分の着る服がどこにしまってあるのかが、さっぱりわかりませんでした。自分の食べるものをどうやって作るのかも、さっぱりわかりませんでした。自分で風呂を沸かしたこともなく、洗濯機を動かしたこともありませんでした。

安夫さんが朝起きると、その日に着る服が用意されていて、身支度が終わると、温かい朝食が用意されていて、自動車整備工場内で食べる、昼食用の弁当を手渡されて、仕事が終わって家に帰ると、風呂が沸いていて、風呂から上がると、程よく冷えたビールと夕食が用意されました。

安夫さんは、時江さんの暖かい心遣いによって、何一つ不自由のない生活を送ってきたことを、今、初めて思い知りました。時江さんを亡くして、安夫さんは、これからどうしてよいかわからずに、途方に暮れてしまいました。

そんなある日のこと、ちょうど、時江さんの月命日にあたる日でした。時江さんの親友だった友子さんが、お線香をあげに来てくれました。

友子さんは、一度結婚しましたが、半年で離婚したので、子供はありませんでした。ずっと仕事を続けてきましたが、体を壊してしまい、仕事をやめて、今はのんびり一人暮らしをしていました。安夫さんは、友子さんが時江さんの家に来て、楽しくおしゃべりをしているところを何度も見かけていて、友子さんのことは知っていました。

安夫さんと友子さんの二人は、時江さんとの思い出話に、時間がたつのを忘れていました。

その後も、友子さんはしばしば、時江さんの月命日に、お線香をあげに来ました。安夫さんは、二人で楽しくおしゃべりをしているうちに、優しく明るい友子さんがいつも自分のそばにいてくれたら、どんなにいいだろう、と思うようになりました。友子さんも、安夫さんのことを憎からず思っていたので、時江さんの一周忌が過ぎたころには、お互いの気持ちを打ち明けあっていました。

しばらくしてから、友子さんは安夫さんの家に入って、一緒に暮らすようになりました。

これらのすべてを見ていた時江さんの魂は、たとえ友子さんが親友であったとしても、安夫さんを自分から奪うことは、決して許すことはできませんでした。時江さんの魂は、二人が寝ている部屋に、人魂になって現れたり、天井に薄くぼんやり浮かんでみたり、足首にひんやり巻き付いてみたりしました。友子さんは恐ろしくなって、家を飛び出していったきり、もう二度と帰ってきませんでした。

安夫さんは、再び一人ぼっちになってしまいました。時江さんの魂は、安夫さんと幸せに暮らした家に、今も、棲み続けています。

修一さんと京子さんの物語

修一さんの父親の戸田一郎さんは、祖父の時代から続いている工務店を、浜松で営んでいました。洋服ダンスや整理ダンス、食器戸棚、食卓のテーブルと椅子などの見本が、作業場に所狭しと並んでいて、お客の注文に応じていました。

一郎さんは、幼いころから手先が器用で、物を作るのが好きだったので、いずれ父の跡を継いで工務店を営んでいくことを心に決めていました。一郎さんは、高校を卒業すると父に頼んで、都内にある専門学校に通わせてもらいました。

一郎さんは、専門学校の工芸科に通っていた時に、同じ専門学校の服飾科に通う夕子さんとサークルで知り合って、恋仲になりました。二人は片時も離れずに、お互いの夢や希望を語り合いました。一郎さんは、夕子さんと結婚したいと思い、両親に会ってもらうことにしました。

夕子さんは、専門学校の服飾科に通う学生なので、自分で着る服はすべてデザインも製作もこなして、おしゃれをするのを楽しんでいました。夕子さんは、学校に通うときは、あまりお化粧をしないのですが、一郎さんの両親に会うその日は、ばっちりお化粧をして、美容院にも行って、薄いピンク色にレースの刺繍の入った生地で、半そでは可愛らしくパフスリーブにしたワンピースを自分で作って着て、薄いピンク色のマニキュアもして、普段は履かないようなヒールのあるパンプスを履いて、とあらゆることに気を使い、さらに都内で高価な手土産を買って、出かけていきました。

その日、一郎さんの父親は急用ができ、出かけていて不在でした。母親だけで出迎えてくれました。一郎さんの母親は夕子さんに会って、一目で、普通の娘ではないと、思ってしまいました。夕子さんは、おしゃれをするのが大好きな女性ですが、却って、これが母親の反感を買ってしまい、印象を悪くしてしまいました。母親は
「長男の嫁にふさわしくない」

と言って、結婚に反対しました。

一郎さんは、母親に反対されても、夕子さんと結婚したいと思い、専門学校を卒業すると、両親の家を出て、父親の経営する工務店を手伝いながら、近くにアパートを借りて、夕子さんと暮らすようになりました。夕子さんは、駅前にあるブティックで、サイズ直しやオーダー服の注文を受けて、アパートの部屋で、仕事をしていました。一郎さんの母親は、気に入らない嫁の夕子さんのいるアパートにたびたび来て、何かと意地悪をしたり、手を焼かせたりしました。

一年後に長男が生まれて、修一と名付けられました。修一ちゃんは男の子ですが、女の子のような優しい顔をしていました。夕子さんは、修一ちゃんが幼い時から、修一ちゃんの着る服は、自分で作って着せていました。

一郎さんの母親は、孫ができても喜ばないで、修一ちゃんに冷たくしたり、母親の夕子さんの悪口を聞かせたりしたので、修一ちゃんは、祖母の家に行くのを嫌がるようになりました。その後も、夕子さんと修一ちゃんに対する祖母の嫌がらせは続いていましたが、母親と妻の間に立って、一郎さんは、ただおろおろするばかりで、何も解決ができずに、夕子さんにとって、頼りない夫になっていました。

修一ちゃんが幼稚園を卒園して、小学校に入学する直前に、姑と嫁との間で大きないざこざがあって、夕子さんはいたたまれなくなって、修一ちゃんを残して、家を飛び出してしまいました。その後一郎さんは、母親の手を借りずに、男手一つで修一ちゃんを育てました。

修一さんは、高校を卒業すると、両親が通った都内の専門学校に通うことにしました。修一さんは、母親の夕子さんの血を受け継いで、ファッションに興味があって、専門学校では服飾科に入学しました。

修一さんは、専門学校を卒業すると、浜松の父のところには帰らないで、都内に本社があるファッションブランド会社「カメリア」に就職しました。修一さんは、この会社でデザイナーを育てたり、その作品をプロデュースする仕事に就きました。

都内にあるデパートのほとんどが、フロア全体を使って、ブランド通りを設けています。ブランド通りには、フランスのシャネルや、イタリアのアルマーニなどの有名なデザイナーの店や、日本人のデザイナーの店などがありました。どの会社も、目玉となる商品を前面に出して、マネキンに着せたり、店員に着せたりして、おしゃれをしたい女性客の気をひくために、しのぎを削っています。ファッションブランド会社「カメリア」もその一角にありました。

修一さんは、その日、池袋のデパートの店内にある会社のショップに来て、新しいデザイナーの作品を店員に見せて、展示の仕方を教えたり、マネキンに着せ付けたりしていました。ちょうど、店内に入ってきて、新しい作品のブラウスを手に取って、魅入っている女性がいました。修一さんは、その女性に近づいていって

「お気に召しましたか?」

と声をかけました。女性は

「素敵なデザインですね。私、好きです」

と言いました。修一さんは

「お客様に、お似合いになりますよ」

と言いました。女性は

「ありがとう。でも私、買えないわ。私、まだ学生なの。専門学校でデザインを勉強しているんです」

と言いました。修一さんは
「どこの専門学校ですか？」

と聞きました。女性は
「南関東です」

と言うと、修一さんは、嬉しそうに
「僕も、その学校に通いました、学長は、トラさんでしょ」

と言って、共通の話題で盛り上がりました。

トラさん、とは、南関東専門学校の品川虎彦といって、いつも学生に「夢をかなえろ！」と、熱く語りかける、名物学長のことでした。

女性は、池田京子さんと言って、デザイナーを目指して札幌から上京してきて、アルバイトをしながら、専門学校に通っていました。京子さんは時々、デパートのブランド通りに来て、それぞれのファッションブランド会社が最もアピールしたい洋服や、服飾品などが展示されているショップを見て回りました。

修一さんと京子さんが、再び会うことになったのは、ファッションブランド会社「カメリア」の入社式の日でした。会社の社長をはじめ上層部が立ち並ぶ前に、今年の新入社員が顔を合わせて紹介されました。入社式が終わると、京子さんの前に一人の男性が近づいてきて

「やはり、あなたでしたか。僕のことを覚えていますか？」

と言いました。京子さんは

「はい、覚えています。私、素敵な服を作ります」

と言いました。修一さんは

「期待しています」

と言いました。

それからも二人は、たびたび社内で会って、ファッションのことや、デザインのことなどの話をしました。間もなく、二人は社外でも会うようになり、より親しく付き合うようになりました。修一さんと京子さんは恋人同士となり、将来についても語り合うようになりました。

このような日々が続いたある日、二人は、自分たちの身の上話をしているうちに、ある重大な事実に、気付いてしまいました。そして二人は、別れることを決めて、修一さんは会社を辞めて、浜松で工務店を経営する父のところに戻り、京子さんはデザ

イナーになる夢をかなえるために、会社に残ることにしました。

専門学校に通うために、東京に出て行ってから、一二年間もの間、音信不通の状態が続いていた修一さんが突然帰ってきたので、父親の一郎さんは戸惑いがありながらも、うれしくもありました。修一さんの祖父は三年前に亡くなり、祖母は認知症になり、施設に入所していました。また、父は、二人の女の子がいる女性と、再婚していました。義理の母親も妹たちも明るい性格で、いきなり現れた修一さんにびっくりしましたが、温かく迎えてくれました。

二年半前から、父のもとで伸君という青年が見習い職人として修業をしていました。伸君は、手先が器用で呑み込みも早く、頼もしい職人でした。どうやら、この伸君と、義理の母親の連れ子で、姉のなっちゃんが、お互いに心を寄せ合っているということがわかりました。

修一さんは、父親の経営する工務店を継ぐつもりでいましたが、営業や広報の仕事はできても、職人にはなれそうもないと思いました。それならば、伸君となっちゃんが一緒になって、父の跡を継いで、工務店を経営していくのが一番良いのではないかと思いました。修一さんは、この家に自分の居場所はないのだ、という現状に、とても悲しくなりました。

ある日、修一さんは、東京都内のデパートで伝統工芸展が開催されているということを知りました。修一さんは、工務店の商品づくりにも役に立つのではないかと思い、久しぶりにそのデパートに出かけていきました。渋谷の駅前に新しくできた、そのデパートの八階のフロアに、特設会場を設けて開催していて、連日多くの人出でにぎわっていました。修一さんは、古くから手作業によって作り繋げられてきた、素晴らしい伝統の匠の技で作られた作品を、見て回りました。

修一さんは、以前携わっていたファッションブランドのことが気になって、自然に足がその方向に向いていました。修一さんは、新しいデパートにもファッションブランド会社「カメリア」が出店していることを確かめてから、ショップがある方に近づいて行きました。

ショップの前まで来て、さりげなく中を見ると、そこに、懐かしい人の姿を見つけました。修一さんは足早にその場所を通り過ぎて、反対側にあるジュエリーショップの展示品の陰に隠れて、様子を見ていました。

この日、京子さんは、自分がデザインした作品がようやく認められ商品化されて、新しくできたデパートでお披露目ができることになり、早くからショップに来て店員に指示を出したり、自らマネキンに着せ替えたりと、忙しく立ち働いていました。京子さんは一通り作業が終わると、後は店員に任せて、会社に帰ることにしました。

京子さんが渋谷駅に向かって歩いているときに、誰かの視線を感じて、不気味に思っていました。時々立ち止まって、あたりを見回したりしたのですが、周りに不審者はいませんでした。

京子さんは、渋谷駅前にあるハチ公の銅像があるところに来て、見ていると、そこは多くの人が待ち合わせ場所にしていて、人待ち顔の人がお目当ての人に会い、一緒に、にこやかに立ち去っていく、これらの繰り返しで、人の群れは絶えることはありませんでした。京子さんはこの群れから離れて、一人、駅舎の壁に背を持たせかけて、足元に目を落として瞼を閉じました。

間もなく、人が近づいてくる気配がして、京子さんの前で止まりました。京子さんは、静かに目を開けて、目の前に立っている男性を見つめました。京子さんは
「修一さん」

と言いました。修一さんは
「京子」

と言いました。

二人は、その後、食事をしてお酒を飲んでから、ホテルに入りました。次の日、二

人は、大量の睡眠薬を買ってきて飲みました。そして、修一さんは死亡して、京子さんは生死の境をさまよった挙句に、この世に戻されました。

病院のベッドの上で、目を覚ました京子さんは、事実を知って、自分だけが生き残ったことを呪いました。心中事件を起こしたということで、警察に事情を聴かれました。京子さんは、泣きじゃくるだけで、何も話せませんでした。

その後、弁護士の水野さんも訪ねてきて、同じように事情を聴きたいと言いましたが、京子さんは何も話せませんでした。水野弁護士は、修一さんの家族がいる浜松に行き、父親に会って話をしましたが、何も聞くことができませんでした。また、水野弁護士は、京子さんの家族が住む札幌にも足を運び、母親に会って、話を聞きたいと言いましたが、何も聞くことができませんでした。

水野弁護士は、それからもたびたび、浜松と札幌を往復して、それぞれの家族と会いましたが、いつも徒労に終わりました。

そんなある日、ようやく京子さんの母親が、重い口を開きました。京子さんの母親である夕子さんは、東京都内にある南関東専門学校で戸田一郎さんと知り合って、結婚して、一郎さんの実家のある浜松で暮らしていました。一年後に、修一さんが生まれましたが、修一さんの小学校の入学直前に、姑の度重なるいじめや嫌がらせに耐え切れなくなって、修一さんを残して、家を飛び出してしまいました。夕子さんは、実家のある札幌に戻り、一人暮らしをしていた父親と、暮らし始めました。

夕子さんは、札幌市内の開業医のもとで、医療事務の仕事をしていましたが、その開業医の歯科医師と再婚して、京子さんが生まれました。夕子さんは、二人の母親であり、修一さんは兄で、京子さんは妹でした。

二人は、人々がひしめく大都会で、吸い寄せられるようにして、出会ってしまいました。二人はこの事実を知ってしまい、別れることを決めて、修一さんは浜松の父のところに戻り、京子さんはデザイナーになるという夢をかなえるために、会社に残りました。それから二年後に、二人は渋谷で再会してしまいました。二人は別れたものの、お互いに愛する気持ちに変わりがなく、一緒にいたいのに一緒になれない、一緒になれないのに一緒にいたい、という悲しい願いから、あの世でなら一緒になれる、というところにまで行きついてしまい、死を選んでしまいました。

水野弁護士は、母親の夕子さんから聞いてきた話を、京子さんに伝えました。京子さんは、小さく頷いて

「その通りです。でも、このことは、誰にも言わないでください。お願いします」

と言いました。水野弁護士は

「わかりました、お約束します」

と言って、帰っていきました。

京子さんは、心中事件を起こしたということで、会社に迷惑をかけたと思い、辞表を書いて提出しました。会社は、いったん辞表を受け取りましたが、京子さんの、デザイナーとしての才能を高く評価していた会社の上層部は、逆に、イタリアのミラノに行って、二年間修業をしてくるように、という辞令を出しました。京子さんは、しばらく思い悩んだ末に、この辞令を受けることにして、半年後にイタリアのミラノに旅立ちました。

イタリアのミラノは、ヨーロッパの中でもフランスのパリと同様に、ファッションの中心地で、洋服、服飾品、宝飾品、革製品、工芸品、テキスタイルなど、古くから素晴らしい文化を育んできた所です。滞在費を含め、すべての経費は会社もちの手厚い待遇でした。

京子さんは、ミラノ滞在中に、プレタポルテやオートクチュールを学び、デザインコンクールにも毎年入賞して、その活躍は現地のメディアにも取り上げられて、日本にも知らせが届きました。京子さんは、二年間のミラノでの修行を終えて日本に帰国して、会社に戻りました。

京子さんは、会社に対して大いに恩義を感じていたので、帰国後、すぐに夢中になって仕事をしました。京子さんが作る服は、シンプルかつ上品で、女性の体の線を意識した、洗練された見事なカッティングが若い女性やキャリアを積んだ女性に支持されて、ファッションブランド会社「カメリア」の業績は、飛躍的に伸びていきました。京子さんは会社に貢献して、定年まで勤めて退職しました。その後は「京子ブランド」を立ち上げて、さらに忙しく立ち働きました。

京子さんは、一生涯独身を通し、八〇歳になってからも、デザイナーとしての地位を守り、輝き続けています。修一さんは、天国から、京子さんのことを、兄として、恋人として、いつまでも見守り続けることでしょう。

黒木さんの介護の仕事

黒木カズヤさんは、私立大学を卒業すると製薬会社に就職しました。新入社員の研修が終わると、経理の部署に配属されました。

黒木さんは、ラグビー選手のような、大きくてがっしりした体格をしていました。実際、黒木さんは、学生時代にラグビー部に所属していましたが、気が弱いのと、一度けがをした時の恐怖が頭をよぎって、攻撃的になれず、資質を疑われて、つらくなってやめました。

黒木さんは、入社二年後に、同じ経理部に勤務していた佐久間アキ江さんと結婚しました。一年後に長女が生まれ、その二年後に次女が生まれました。黒木さんは、賑やかな明るい家族に囲まれて、幸せな日々を送っていました。

黒木さんは、入社五年後に、経理部から営業部に配属されました。営業部で一年先輩の浮田さんという男性の下で、病院や診療所、ドラッグストアなどを巡って、営業のノウハウを教え込まれました。

いつしかお互いに気心が知れてくると、ある日、浮田さんに、競輪場に行かないか、と誘われました。黒木さんは、初めは、物見遊山のつもりで気安く、浮田さんについていきました。黒木さんが競輪場などのギャンブル場に来たのは、生まれて初めてですが、浮田さんは、このような場所にたびたび出入りしているらしく、場慣れしている様子で、黒木さんに車券の買い方などをアドバイスしていました。

競輪場の入口で渡された出走表に、レースに出場する選手の名前などがありましたが、初めて来た黒木さんには、よくわかりませんでした。最終レースになり、黒木さんも何か買うことにして、当てずっぽうに、例えば競輪場に来たその日が二三日だったので、二―三と買った券が、なんと大穴を当ててしまい、一万円が三〇万円になって返ってきました。黒木さんは、こんな世界があるのかということを、初めて知りました。浮田さんは、その日、全く当たり目が出なくて惨敗でした。

黒木さんは、帰りがけに、浮田さんに酒と料理をふるまい、久しぶりに酔って、よい気分で家に帰ってきましたが、今日あった出来事は、妻のアキ江さんには一言も話しませんでした。

それからも二人は、連れ立って外回りの営業の仕事を早めに切り上げて、競輪場に行きました。黒木さんは、妻からもらった一月分の小遣いを、あっという間に使い果たしてしまい、お昼ご飯を買うお金にも窮するほどでした。黒木さんは、結婚した時に、妻のアキ江さんと話し合って、いつか家を持ちたいね、ということで、毎月の給料から天引きで社内預金をしていましたが、その大切な預金までも、妻に内緒で手を付けるほどになってしまいました。黒木さんは、初めて競輪場に行って、大穴を当てた日のことが忘れられず、必ず取り返せると信じていました。

社内預金のほとんどがなくなっていることを、妻のアキ江さんが知ることとなり、離婚が決まり、中学生の二人の娘は、母親についていきました。黒木さんは、結婚一五年足らずで、家族を失いました。黒木さんは、靴下に穴が開いていても、靴底がすれて傾いていても、ワイシャツの袖口が擦り切れていても、背広がヨレヨレでも、買い替えることなどは思いもよらずに、生活は荒んでいきました。黒木さんをギャンブルの世界に誘い込んだ浮田さんは、この年の春に、ほかの支店に転勤になり、移っていきました。

黒木さんは、背が高くがっしりした体格ですが、気が弱く、何につけても消極的なので、営業の成績はいつも思わしくありませんでした。営業部長である上司の安井さんは、背が低く痩せていて、中学生くらいの体格ですが、声だけがバカでかく、黒木さんの営業成績の不振さを、ところかまわずにしかりつけたり、怒鳴り散らしたりしていました。この、大きい人が小さい人に頭を下げている図は、滑稽に思われても、同情してくれる人は誰もいませんでした。黒木さんは、これらの鬱憤を晴らそうとして、ますますギャンブルにのめりこんでいきました。

このころ、黒木さんは、自分が勤務している製薬会社の業績が悪化して、早期退職者を募集していることを知りました。黒木さんは、その早期退職者に応募することにしました。何も問題がなく、希望がかなえられました。黒木さんは、退職金にわずかの上乗せ金をもらって、三三年間勤めた会社を辞めました。

黒木さんは、会社を辞めた当初はそわそわして落ち着かなかったのですが、二週間もすると落ち着いてきて、昼頃に起き出して、誰の気兼ねもなしに銀行に行って、もらった退職金のうちから一〇万円を引き出して、上着のポケットに突っ込んで、サンダルを履いて、競輪場に出かけていきました。その日が終わってみると、持っていったお金のほとんどは紙くずとなり、昼に食べた素うどんのつり銭が残っていて、それで帰りの電車の切符を買い、自分が住んでいるアパートの近くにあるコンビニでカップラーメンを買って、家に帰りました。その日の夕食は、コップ酒とカップラーメンで済ませました。

このような、自堕落な日が続いたある日、ふとハローワークに行くことを思いつきました。ハローワークで失業保険給付金の受給の手続きを済ませて、求人票などを見てみると、年齢制限があり、自分くらいの年齢になると、ビルの清掃作業員やスーパーマーケットの警備員などがありますが、どれも自分には向いてないと思われました。

黒木さんは、ハローワークの失業保険給付金の受給期限が切れる真近に、窓口の職

員から
「介護の仕事をしませんか？」

と言われました。黒木さんは、これまで人の世話など一度もしたことがなかったので、果たして自分にできる仕事なのかどうか躊躇していると、窓口の職員は
「今、老人介護施設で介護職員を募集しています、一度、見学に行ってみませんか？」

と言いました。窓口の職員は、黒木さんが、体が大きくてがっしりしていて、力持ちに違いないと見て、体の不自由なお年寄りを容易に抱えることができるのではないか、と判断したのかもしれません。黒木さんは「見学なら」と言って、了承しました。

黒木さんが、老人介護施設「ペチカ」に行くと、ハローワークから連絡がありました、と言われて、施設の管理者の男性の対応を受けて、施設の中を案内されました。

老人介護施設「ペチカ」は、黒木さんが住むアパートの最寄りの駅から電車で三〇分、途中、ほかの路線に乗り換えてさらに一〇分、そこから歩いて大きな川の近くにあり、結局一時間近くかかりました。

入所者が集まる広間に行くと、二〇人くらいのお年寄りが、それぞれ親しい人とおしゃべりをしたり、本を読んでいたり、テレビのドラマを見ていたりしていました。

入所者の一人の女性が、施設の職員の女性と楽しそうにおしゃべりをしていて、時折、

大きな笑い声が聞こえたりして、これまで黒木さんが勤務していた、経理や営業の世界にはない、温かい雰囲気を感じて、いいな、と思いました。

黒木さんは当初、見学だけと思っていたのですが、この施設で働いてみようと思いました。黒木さんの意向を聞いた女性の施設長の寺岡さんは、介護に携わる職員に対する心構えを話しました。寺岡さんは

「老人介護施設で働くには、まず、自分自身が健康でなければなりません。そのうえで、お年寄りに目を向けてください。朝、起きたら熱と血圧を測り、記録します。食事はちゃんと摂れているか、おしっこと便は出ているか、便秘をしていないか、下痢はしていないか、入浴介助の時は体に痣や傷か湿疹はないかなどを、よく観察してください。お年寄りは、体調や容態が急変することが多いです。それと、入所者の顔と名前を早く覚えて、名前を呼んで話しかけてください。体のケアも大切ですが、心のケアも大切です。ふさぎ込んでいる人がいたり、食欲のない人がいたら、すぐに知らせてください。入所者同士のいざこざが、時としてあります。このような場面を見たり聞いたりしたら、これも、すぐに知らせてください。もし、仕事に慣れてきて、手を抜いたり、意地悪をしたり、尊厳を傷つけたり、やってらんねぇ、などと思ったら、すぐに辞めてください。何か起きてからでは遅いのです。よいですか？　お願いしま

すね」

と言いました。

それから、三年余りが過ぎて、黒木さんは見習い期間が過ぎて、介護に携わる人に必要な「介護福祉士」という国家資格も取得して、入浴介助、排せつ介助、食事介助などをこなして、夜勤も任せられるようになり、一人前の介護職員として仕事に励んでいました。黒木さんは仕事に忙殺されて、競輪場から足が遠のいていきました。また、中古車を購入して、通勤に使うようになりました。

黒木さんのことを頼りにして、慕っている人がいれば、毛嫌いしている人もいました。それは、人間同士の相性によるものです。老人介護施設「ペチカ」の入所者の大半は認知症で、ほかの人は高齢者、障がい者、うつ病の若い人もいて、ほとんどの人には、家族がいないか、いても、何らかの理由で面倒を見られなくて、施設に預けることになります。

三年前から入所している七〇代の女性のAさんは、朝起きると、顔を洗いお化粧をして髪をとかして、外出用の服を着て、右手に杖を持ち、左手にハンドバッグを持って、Aさん用の部屋を出てきます。女性職員が
「Aさん、今日はどこに行くの？」

と聞くと、Aさんは
「今日は息子と東京駅で待ち合わせをしているの」
と言いました。女性職員は
「それは楽しみねぇ」
と言って、笑顔で応じました。
Aさんは、そのまま玄関の方に向かって、すたすたと歩いていきましたが、出口のドアが開かないので、すぐに戻ってきて、女性職員を捕まえて
「ドアが開かないから開けて」
と言いました。Aさんは、足腰がしっかりしていて、どこまでも歩いていけそうです。女性職員は
「たぶん、今は開かない時間だよ、もうすぐ朝ごはんだから、向こうに行こうか」
と言って、優しくAさんの手に触れると、Aさんは
「やめてよ、触らないで！」
と言って、女性職員の手を、ぴしゃりとたたきました。女性職員は
「イテェ」
と言って、手をさすり、苦笑いをしました。ちょうど、その場を通りかかった別の

女性職員が、この様子を見て
「Aさん、朝ごはんを食べに行こうね」
と言うと、今度は、素直にこの女性職員についていき、食卓に着いて、食事を始めました。Aさんは、この女性職員を好ましく思っていました。Aさんは、毎日、このような状況の中で過ごしています。
朝食が終わり、広間にいる入所者の人たちは、それぞれ好きなことをしてくつろいでいました。同じテーブルに相向かいに座って、女性同士のBさんとCさんが、話をしていました。Bさんが、Cさんに
「あなた、どこから来たの？」
と聞きました。Cさんは
「私はニュータウンよ。あなたは？」
と言いました。Bさんは
「私はウチダよ。あなた、いつ帰るの？」
と聞きました。Cさんは
「私は、明日、息子が迎えに来るの」
と言いました。ちょうど、そのときに、その場を通りかかった女性職員を呼び止め

て、Bさんは
「私は、いつ帰るの？」
と聞きました。女性職員は
「Bさんは、今日は帰らないわよ、今日は、お泊りよ」
と言って、通り過ぎていきました。Cさんは
「私、明日、タクシーを呼んで帰るけど、一緒に帰らない？」
と言いました。そう言われて、Bさんは
「私、一緒に帰るわ」
と言って、二人の間で話が決まりました。しばらく、沈黙が続いたのちに、Bさんが、Cさんに
「あなた、どこから来たの？」
と聞きました。Cさんは
「私はニュータウンよ。あなたは？」
と言いました。Bさんは
「私はウチダよ。あなた、いつ帰るの？」
と聞きました。Cさんは

「私は、明日、息子が迎えに来るの」
と言いました。Bさんは
「私も、帰りたいなぁ」
と言うと、Cさんが
「私、明日、タクシーを呼んで帰るけど、一緒に帰る？」
と言うなど、二人の会話は、その後も繰り返し続いていました。
その時、広間にナースコールのメロディが響き渡りました。すると、隣のテーブルにいた、入所者で七〇代の男性のDさんが、椅子からスックと立ち上がって、テーブル伝いに手をついて体を支えて、転びそうな危なっかしい足取りで、ナースコールの鳴ったところに行ってから、受話器を取り上げると
「はい、わかりました」
と言って、再び、転びそうな危なっかしい足取りで戻ってきて、椅子に腰を下ろしました。
自分の部屋にいる入所者は、緊急の事態が発生した時は、ナースコールを鳴らすことになっています。個室にいる入所者は、わかりました、と返事があったので、待っていても、誰も来てくれません。再び、ナースコールを鳴らすと、やはり

「はい、わかりました」

と返事がありました。

入所者のDさんは、普段は歩行器が必要なのですが、ナースコールのメロディが流れると、それがまるで、自分の仕事でもあるかのように思ってしまい、呼び出しにこたえてしまいます。このことで、緊急事態は、ほとんど、職員には伝わりませんでした。個室にいる入所者は、入口のドアが閉まっていると、大きい声を出しても、誰にも聞こえません。緊急時のナースコールが、役に立たなくなっています。

テレビの前にあるテーブルに陣取って本を読んでいる、入所者で八〇代の男性のEさんは、いつも車椅子に座っていますが、少しだけ自分で動かすことができます。Eさんは、小さい文字で書かれた辞書のような分厚い本を、四六時中読んでいます。テレビの画面で、お笑い芸人が何か面白いことを言って笑わせたのと同時に、テレビを見ていた入所者の中にも笑いが起こりました。するとEさんは、手元にあったテレビのリモコンのボタンを押して、切ってしまいました。テレビを見ていて、盛り上がっていたほかの入所者の人たちは、ひどくがっかりしても、Eさんに文句を言う人はいませんでした。Eさんは、テレビもリモコンも、自分の所有物と思っているらしく、いつも自分の近くに置いておいて、誰にも触らせません。

この日、黒木さんは、少し遅い時間に七〇代の女性の昼食の食事介助をしていました。ほかの入所者は昼食を済ませて、それぞれ好きな場所でくつろいでいました。

黒木さんが、テーブルの角を挟んで食事介助をしていると、突然、同じテーブルの反対側にいた、入所者で八〇代の男性の宇野さんが、テーブルをガタガタと揺すり始めました。黒木さんが食事介助をしている女性の前に置かれた、トレーに載っているお椀の中の味噌汁が、波立っていました。

宇野さんは体が不自由で、車椅子に乗っていますが、自分で動かすことができません。宇野さんは、動かない自分の腕をもどかしく思い、時々、動かそうとします。その時も、自分の腕をテーブルの上に載せて、立ち上がろうとしたのですが、ただテーブルを揺するだけのむなしい動きになってしまいました。

黒木さんは、いつまでたってもやまない宇野さんの行動に腹を立てて、食事介助を一時中断して席を立ち、宇野さんに近づいていきました。黒木さんは

「なんだよ、何がしたいんだよ」

と言いました。

宇野さんは言葉も不自由なので、黒木さんの問いには答えずに、テーブルを揺すり続けていました。黒木さんは宇野さんの両脇に手を入れ、体を持ち上げて、テーブル

から引き離し、車椅子からおろして、床に座らせました。宇野さんは、何かに支えられないと、体勢が保てません。宇野さんは、すぐそばにあったテーブルの脚にとっさにしがみついて、今度はテーブルの脚を揺すり始めました。黒木さんは、宇野さんの両脇を持って、再び車椅子に載せようとしましたが、宇野さんがひどく抵抗をしたので、少し離れたところにあった車椅子まで引きずっていきました。ちょうど、その場に来合わせた男性の管理者が危険を察して、とっさに車椅子を寄せてやりました。

黒木さんは、宇野さんを車椅子に載せると、ほかのテーブルに連れて行って、宇野さんの体を隙間のないようにぴったりテーブルに押し付けて、身動きできないようにして、車椅子のストッパーをかけました。宇野さんは、いつもテーブルに向かうときは、クッションを抱かせる必要があります。この体勢は辛くて苦しくて、顔をゆがめて訴えましたが、誰も素知らぬ素振りでした。

黒木さんは、以前勤務していた製薬会社の営業部長の安井さんから、黒木さんの営業成績の不振さを、社員がいる前でも、大声であたりかまわずなじられたり、罵られたり、怒鳴りつけられたりしていたので、安井さんに対して強い恨みを抱いていました。黒木さんは今、自分の目の前にいる宇野さんが、小さくて痩せていて、風貌が安井さんにそっくりだったので、当時の屈辱感が頭をよぎり、どうしても優しくできませんでした。

　この施設に、カナちゃんという若い女性職員がいました。カナちゃんは、誰にでもはっきりものを言う女性でした。カナちゃんは、宇野さんのことをいつも気にかけていました。カナちゃんが宇野さんの食事介助をすると、宇野さんはカナちゃんのことを好ましく思っているので、ほとんど動かない手をわずかに動かして、自分でパンなどは持たせてもらって、食べようとします。カナちゃんは、そんな宇野さんを励ましながら、見守っています。宇野さんの言葉は誰にも理解されないのですが、カナちゃんは辛抱強く聞いてあげて、理解しようとします。

　意思の疎通ができると、信頼が生まれます。信頼が生まれると、心を開くことができます。宇野さんにとって、カナちゃんは、この施設では唯一の心のよりどころになっていました。ほかの職員は面倒くさがって、宇野さんの言葉がわからないのにわかったふりをして、適当にやり過ごしています。

　カナちゃんには、両親がいません。交通事故にあって、命を落としてしまいました。カナちゃんが三歳の時に、両親とカナちゃんの三人で、岩手県にある母方の祖父母のところに車で出かけました。高速道路を走っていて、トイレ休憩のためにパーキングエリアに入りました。後部座席でぐっすり、すやすや寝入っているカナちゃんを車の中に残して、両親は車を降りてパーキングエリアにある建物の中に入る直前、歩いているところを暴走してきたトラックにはねられました。二人は即死でした。トラックの運転手は、酒を飲んでいました。カナちゃんは、何も知らずに車の中で、ぐっすり、すやすや寝入っていました。

あたりが少し暗くなり始めたころに、誰か知らない男の人が、車のガラス窓をノックする音がして、カナちゃんは目を覚ましました。見知らぬ男の人は、警察の人でした。カナちゃんは、そのあとのことは何も覚えていません。全く記憶がないのです。しばらくしてから、カナちゃんは、母方の祖父母のところに引き取られました。

祖母は厳しい人でしたが、祖父はやさしい人でした。カナちゃんは、やさしかった、今は亡き祖父の面影を、宇野さんに重ね合わせてみているのかもしれません。

障がい者にやさしくなれる心は、どこにあるのでしょうか？　障がい者は、毎日辛くて悲しくて不安な日々を、必死に耐えて過ごしています。障がい者は、一人では何もできなくて、ほかの人の手を借りなければ生きていけないので、卑屈になってしまいます。卑屈になると、ああしてほしいとか、こうしてほしいとか思っていても、なかなか言うことができなくて、あきらめてしまい、我慢してしまいます。

我慢が続くと、ストレスになります。ストレスが重なると、身体に不調をきたします。ストレスによる身体の不調は、検査をしても結果が数値に表れないので、医師にはわかりません。医師は、わからないので、何もできません。あらゆる病気の原因は、ストレスによるものです。医師は、身体の傷は治せても、心の傷を治すことはできません。健常者は、障がい者にあまり関心がありません。それは「自分は障がい者にはならない」と思っているからです。障がい者にやさしくできる心は、どこにあるのでしょうか？

宇野さんは、この日の昼過ぎから元気がなく、食欲もなく、広間の隅にあるテーブルの上に突っ伏して、ほとんど動きませんでした。事件が起きたこの日、カナちゃんは休日でした。

黒木さんは、この日が夜勤でしたので、広間を消灯してから、入所者の各部屋を回って、変わったことがないかを確かめていたところ、宇野さんが部屋にいないことに気が付きました。広間の隅のうすぐらやみの中に、うずくまっている宇野さんを見つけると、車椅子を押して宇野さんの部屋に連れていきました。黒木さんは、宇野さんをベッドに移そうとしましたが、宇野さんは「就寝前にトイレに行きたい」と訴えました。その言葉が黒木さんに理解されなくて、宇野さんは体で抵抗しました。

黒木さんは、何かにつけて自分を毛嫌いしているこの老人が憎らしくなって、思わず、宇野さんの頭を思いきりぶん殴ってしまいました。宇野さんは、さらにベッドの柵に足を絡ませて、激しく抵抗したので、黒木さんは宇野さんのわき腹を思いきり蹴っ飛ばして、ベッドの上に放り投げました。宇野さんは、苦しそうに

「ウッ」

とうめき声を上げましたが、黒木さんは構わず、布団を被せて部屋を出ていきました。黒木さんは、介護職員としての立場を忘れて、今や復讐者になっていました。

黒木さんが夜勤のその夜は、ひっきりなしにナースコールがあり、エアコンの温度を変えてとか、寝返りができない人の体位を変えたり、トイレ介助をしたり、体が不自由な人の布団を被せたりなど、ほとんど寝る間もなく夜が過ぎていきました。

朝が来て、黒木さんは、この日の担当の職員に引き継ぎをしてから、自宅に帰りました。黒木さんから引き継ぎを受けた女性職員は、朝食の準備ができたので、初めに、どうにか自分で朝の支度ができる入所者の部屋に入り

「おはようございます。○○さん、朝ですよ、起きてください。朝ごはんを食べに行きましょうね」

と言って、声をかけて回りました。

次に、一人では何もできない入所者の部屋を回り、身支度を整えたり、髪をとかし

たり、温かいタオルで顔と手を拭いてあげたりします。
女性職員が、宇野さんの部屋に入り、声をかけました。宇野さんはピクリともせず、全身が布団に埋もれていました。女性職員は不審に思い、恐る恐る布団を顔の方からはいでみると、宇野さんは横を向いて目を開いて、寝ているように見えました。女性職員は、自分の手を宇野さんの鼻に当ててみましたが、どうも息をしている様子がありません。女性職員はさらに、額や手や足に触れてみましたが、どこもひんやりしていました。女性職員は「ハッ」として、顔色を変えて、慌てて事務室に駆け込みました。ちょうど男性の管理者と、女性の施設長が出勤してきたところでした。女性職員は、二人に
「う、う、宇野さんが……つ、つ、冷たくなってる」
と言って、震えていました。二人は顔を見合わせて、脱兎のごとく駆け出して、宇野さんの部屋に入りました。宇野さんは、身体をエビのように曲げて、冷たくなっていました。施設長は女性職員に
「救急車を呼んで」
と言いました。管理者は
「警察にも」

と言いました。

駆けつけてきた救急車の隊員は、搬送するべき人が死亡しているので、自分たちの仕事ではないと言って、帰っていきました。駆けつけてきた警察官は、宇野さんの身体を調べて、頭とわき腹に暴行を受けた形跡があったので、事件と判断しました。警察官は、入所者や職員に話を聞いて回りましたが、入所者のほとんどの人が認知症なので、昨日のことは何も覚えていませんでした。

唯一、最近入所したばかりの八〇代の女性は、昨日広間であった、宇野さんが受けた出来事をよく覚えていて、警察官に証言しました。昨夜の夜勤も黒木さんだったので、自宅に帰っていた黒木さんは、直ちに施設に呼び戻されました。黒木さんは、宇野さんに対する傷害致死の容疑が濃厚となり、逮捕されて、警察で事情を聴かれています。何かあってからでは、遅かったのでした。

人は、みな年老いて、体が不自由になって、人の手を借りるようになって、この世から消えていきます。今は健康であっても、いずれ、必ずその時が来ます。その時に、体が不自由だということは、こういうことなのかということを、思い知るでしょう。

弘さんと黒猫のクロちゃんの物語

倉田弘さんは、都内の私立大学を卒業すると、機械メーカーに就職しました。

弘さんは、子供のころから機械いじりが好きで、親に買ってもらったおもちゃなどは、みんな分解してしまい、はじめのころはそのままだったのが、だんだん元の形に組み立てることができるようになりました。

弘さんが、物心がついたときには父親はいなくて、母親にそのことを聞くことは、母親につらい思い出を思い出させてしまいそうで、聞きそびれているうちに、月日が流れていきました。母親は、保険の外交員の仕事をしながら、女手一つで三歳年上の姉と弘さんを育てました。

弘さんは、会社に入社すると、様々な研修を受けて正社員になりました。そのあとは、だれにも負けないくらいに努力を重ね、技術を習得して、いつか、母親を楽にしてあげたいという思いがありました。弘さんは、誰からも一目置かれる社員になり、順調に出世もしましたが、ずっと独身を通してきました。

弘さんはお酒が好きで、当時、都心から電車に乗って一時間かかる駅から、歩いて一〇分くらいの住宅地にあるアパートの一室を借りて住んでいました。弘さんは会社の帰りに、毎日のように、その駅の近くにある小料理屋に通っていました。そして、その小料理屋で、おいしいお酒とお料理を楽しんでいました。小料理屋の女将も、毎日のように店に来てくれる弘さんのために、各地の美味しい地酒を取り寄せたり、珍しい料理を作って出したりと、弘さんを飽きさせないように気を使ってもてなしをしていました。

弘さんが、六〇歳の定年を間近にしたある日、足に激痛がして、病院に行って検査をしてもらったところ〝痛風〟と診断されました。これまでの食生活に原因があったとされて、好きだったお酒をやめざるを得なくなり、薬が手放せない身となってしまいました。弘さんは、薬に助けられながら、定年まで勤めて、その後も嘱託員として再雇用されて働き続けました。

その頃、弘さんの母親は、離婚した弘さんの姉と二人で暮らしていましたが、姉が病気になって急死したため、一人になった母親を引き取って、一緒に暮らすことになりました。そのために、今住んでいるアパートを引き払って、一つ先にある駅から歩いて一〇分くらいのところにある住宅地に、一戸建ての家を借りて住み始めました。

弘さんの母親は、長い間苦労して生きてきて、年を取ってからは病気がちになり、弘さんと暮らし始めてから一年ばかり過ぎたころに、この世を去ってしまいました。弘さんは、母親に、あまり楽をさせてあげることができませんでした。弘さんは、六八歳になっていました。

その頃、弘さんは自分の体に異変を感じていて、病院で検査をしてもらったところ、今度は肺癌と診断されました。癌はかなり進行していて、手術は無理と言われ、余命も半年と宣告されました。弘さんは病院に入院して、治療を続けていましたが、これからは自分の家に戻って、最後はそこで終わりたいと言って、病院を退院して自宅に帰ってきました。

弘さんは、二〜三日家でぼんやりしていましたが、ふと、

「そうだ、旅に出てみよう」

と思い立つと、すぐに旅行鞄を持ち出して、二〜三日分の着替えなどを入れると、家を出ました。

どこへ行くともなしに歩き出していましたが、ひとまず駅に行き、都心に向かう電車に乗りました。新宿まで行くと、自然に足が箱根方面に向いていました。弘さんは、これまでほとんど旅行をしたことがありませんでしたが、ある時、素晴らしい紅葉がテレビに映し出されているところを見たのが、箱根でした。

箱根からローカル線に乗り換えると、電車は山のほうに登っていきました。途中、車窓から見た景色は、湖に立つさざ波に太陽の光が当たって、キラキラと輝いていました。これまで見たことのない景色のあまりの美しさに、電車が駅に停車してドアが

開くと、弘さんはすぐにホームに降り立ちました。今は九月の初旬で、紅葉の季節には少し早いのか、それほど人込みはありませんでした。

弘さんは、駅の周りをひと巡りしてきて、「宿泊案内所」という看板を見つけて中に入り、どこか温泉宿を予約してほしい、と頼みました。案内所にいた女性から

「ここからタクシーで、四〇分くらいのところにある旅館が取れますが、予約されますか？」

と聞かれたので

「お願いします。タクシーも呼んでください」

と頼んで、案内所を出ました。

温泉宿までの道は、木々がうっそうと茂っている、トンネルのような暗い所や、畑がだんだんに連なっていたり、民家が点在するところなどを経て、さらに進んでいくと、真ん中に川が流れていて、その両側に古い木造の温泉宿が、数件立ち並ぶ場所に出ました。その一番奥に立つ宿が、予約したところでした。

弘さんは、タクシーを降りて、宿の玄関のガラス戸を開けて中に入ると、中年の女性が近づいてきて

「いらっしゃいませ　お待ちしておりました」

と言って、弘さんがロビーに上がるときに、足元が少しふらついたのを見て、

「お客様、だいぶお疲れのようですね。すぐに、お部屋にご案内しますね」

と、この宿の女将と思われる女性は言って、弘さんのカバンを持つと、先に立って歩き出しました。

途中、女将は
「静かでしょう。ここは湯治場なんですよ。今日の昼過ぎまで団体のお客様がおられて、先ほどお帰りになったばかりですのよ」

と言い、部屋に案内をしました。

部屋は八畳くらいの和室で、床が木で作られたベランダがついていました。女将は、弘さんを部屋に案内すると、お風呂の場所や夕食の時間などを告げて、お茶を湯飲み茶わんに注いでから、部屋を出ていきました。

弘さんは、ベランダに出るガラス扉窓を開けて、外を見ると、ローカル線の車窓から見た景色と同じように、湖のさざ波が、今度は夕日のオレンジ色に輝いていました。

素晴らしい景色に見とれていると、サーッと冷たい風が吹き込んできたので、扉を閉めてテーブルに向かい、女将が注いでくれた、ぬるくなったお茶を飲みました。弘さんは、だいぶ疲れを感じていたので、座布団を並べて横になり、うとうとし始めま

した。

しばらくしてから、女将が夕食を運んできました。女将は、てきぱきとテーブルの上にお料理を並べて

「こちらのお鍋に入れるお魚は、サッとおつゆに通すくらいにして、お召し上がりくださいね」

と言って、お鍋の下のアルコールに火をつけて、部屋を出ていきました。

テーブルの上には、近海で獲れた白身の魚のお造り、鰆の西京漬けの焼き物、近くの山で採れた山菜のてんぷら、小さい鍋の中には、白菜や長ネギにセリがもうぐつぐつ煮えていて、よい匂いがしています。鍋のそばには、新鮮なエビやホタテやハマグリや、金目鯛の切り身がありました。そして〆には、麦とろご飯が用意されていました。弘さんは、ここ何年もまともな食事をしたことがなかったので、おいしそうなお料理を前にして、次第に食欲がわいてきました。

弘さんはほとんどのお料理を残さずに食べて、大変満足しました。お腹が苦しくなるほど食べてしまったので、再び座布団の上に横になりました。食後、横になっていると、このまま寝入ってしまいそうなので、思い切って風呂に行くことにしました。風呂に行く途中も、風呂の中でも、滞在者はいないらしく、誰にも会いませんでした。

弘さんは、湯殿に入ると体を洗い、湯船に体を沈ませてから、浴槽のヘリに体をもたれさせて目を閉じました。石を積み上げて、岩のように見える間から温泉が滝のようにザザーッと流れ落ちていて、その音だけが浴室内に響いていました。

弘さんは、これまで生きてきた自分の人生を、思い起こしました。仕事一辺倒に生きてきて、それでも三〇代のころに、何人かの女性とお付き合いをしたことがありましたが、結婚までは踏み切れませんでした。あの時に結婚していたら、家庭を持って、子供もいたことだろう、と思いました。お付き合いをしていた女性は、あまりにも煮え切らない弘さんに愛想を尽かせて、別の男性と結婚しました。

また、仕事に夢中で、脂がのっていた四〇代の時に、同僚から「一緒に独立をしないか」という誘いを受けましたが、よく考えてから、断ってしまいました。あの時に、同僚の誘いを受けて一緒に独立をしていたら、今はどうなっていただろう、と思いました。自分を誘ってくれた同僚は、当時の部下に声をかけて独立して、成功もして、今は羽振りが良いと聞いています。

自分は臆病なのか?と思いました。しかし、自分で自分の道を選んで生きてきたのだから後悔はしていない、と思いました。だが、自分は今、治る見込みのない病に侵されていて、余命まで宣告されている、と思いました。弘さんの閉じた目から、涙がほほを伝って流れて落ちました。

弘さんは、両手でお湯をすくって、顔にバシャバシャとたたきつけました。目を開けると、窓の外にはいつの間にか、まん丸い十五夜のお月様が出ていて、ぼんやりにじんで見えました。

弘さんは
「さて」

と言って、右足を上げて浴槽から出ようとしたときにめまいがして、体が倒れそうになったので、とっさにそばにあった手すりにしがみついて、何とか体を支えることができました。

しばらくの間、めまいが治るのをじっと待って、そろそろと両手、両足をついて、浴槽から這い出しました。弘さんは
「危なかった。こんなところで倒れてしまっては、大変なことになる」

と思いました。

風呂場を出て、バスタオルを体に巻いて、洗面台の前にある鏡の前の椅子に座りました。弘さんは鏡をのぞき込んで、じっと自分の姿を見つめました。顔のほほがこけている、と思いました。目がくぼんでいる、と思いました。抗がん剤の影響で、髪は

ほとんどなくて、耳の上のあたりに少しだけ、チリチリとした白い毛があるだけだと思いました。首は皺だらけで、その下の胸のあたりは骨が浮き出ている、とも思いました。肩にも全く肉がついていない、とも思いました。弘さんは鏡を見るのをやめて、頭をぐったり垂れて、深い息を吐きました。

弘さんは体に寒気を感じて、急いで浴衣を着て、丹前も着て、部屋に戻りました。部屋に入ると、テーブルの上の食器は、きれいに片づけられて、布団が敷いてありました。弘さんが布団の上に横になると、自然に眠気が襲ってきました。いつも家にいるときは、ぐっすり眠ることができなくて、浅い眠りのまま朝が来てしまう毎日でしたが、今夜はよく眠ることができていました。

朝方、何やら夢を見ていて、夢の中で、見知らぬ女の人がしきりに自分を呼んでいました。その女の人が

「もし。お客様、お客様」

などと呼んでいます。

弘さんは、うつろな頭で

「はい」

と返事をすると

「失礼します」
と声がして、温泉宿の女将が入口の戸を開けて、部屋に入ってきました。女将は
「お客様、朝早くごめんなさいね　実は昨夜、私どものところに泥棒が入りましてね。お客様のところでは、何か、被害はございませんでしたでしょうか?」
と聞くので、弘さんはヨロヨロと立ち上がって、旅行鞄の中を調べても、何も変わったところもなくて、次にクローゼットの中に架けてあるジャケットの内ポケットも、財布の中も調べましたが、何も変わったことはありませんでした。
弘さんは、ふと足元を見て
「あっ」
と声を出しました。そこには、見知らぬ風呂敷包みがあり、結び目が解けていて、中にお札が入っているのが見えました。女将が近くに来て
「あっ」
と叫んで
「あなたが、犯人だったのですね。すぐに警察に電話を」
と言って、慌てて部屋を出ていこうとする女将の腕を捕まえて、弘さんは
「ちょっと待ってくださいよ。私は、貧乏はしていますが、これまで人のものを盗ん

だことなんて一度もありませんよ」
と言うと、女将が、風呂敷包みを指さして
「じゃあ、なんでお金がここにあるの？」
と聞くと、
「それは、私が聞きたいことです」
と弘さんが言うと、クローゼットの中から
「ニャオーン、ニャオーン」
と鳴き声がして、黒い猫が顔を出しました。女将は
「まぁ、クロちゃん。あなたの仕業だったのね」
と言って、黒い猫を抱き上げて、頭を撫でて背中も撫でてから下におろして、女将は
「これは、私どものものですので、いただいていきますね」
と言って、お金の入った風呂敷包みを拾い上げて手に取ると、部屋を出ていきました。黒い猫は、弘さんのほうをチラッと見てから、女将の後について部屋を出ていきました。
弘さんは、朝早くにたたき起こされて、さらに泥棒呼ばわりされて、何とも不愉快

で怒りの気持ちが収まらずに「もう帰ろう」と決めて、内線電話で「今日、帰ります　朝食はいりません」と告げました。女将が電話口で何か言っていましたが、構わず電話を切って、帰りの支度をはじめました。

弘さんは、フロントで宿泊料金を支払ってから、タクシーを呼んでもらいました。

女将は

「少し、お話をさせていただいてもよろしいでしょうか？」

と言って、ロビーに並んでいるソファの席に誘いました。女将は、話し出しました。

「ちょうど、二年前になりますが、娘が、一八歳の時に白血病になりまして、しばらくの間、病院に入院して治療をしておりました　私は、こんな商売をしておりますので、なかなか娘のそばについていてあげることができないので、家で療養をすることにしました　娘が家に帰ってきてから間もなく、どこからともなく黒い猫が現れて、娘のそばに居付くようになりました。娘も、クロちゃん、と呼んで、大そうかわいがっておりました。初めのころ、クロちゃんは、トカゲやカマキリなどを取ってきて、娘が寝ているベッドのそばに置きました。娘は、クロちゃんの頭を撫でて、「クロちゃん、私は、これはあまり好きではないので、もうやめてね」と言うと、今度は、お客様にお出しするお菓子や、売店で販売している食べ物を、運んでくるようになりました。娘は「クロちゃんが持ってきてくれたの」と言って、喜んで食べていました。そのうち、ご飯も食べるようになって、元気が出てきたんです。でも、その年の冬に、風邪をひいたのが原因で、何も食べられなくなってしまいました。クロちゃんは、いつも娘のそばについていました。片時も離れませんでした。娘は、体力も免疫も落ちてしまって、クロちゃんが運んでくる食べ物は、見向きもしなくなりまして、昨年亡くなりました。

私は、悲しくて悲しくて、人の目のないところで、いつも泣いていました。すると、クロちゃんが、今度は私を慰めてくれるようになりました。涙を流していると、タオルやティッシュペーパーを咥えて運んできました。娘の時のように、お菓子や食べ物も運んできました。そして、私の膝に乗ってきて、頭を押し付けてスリスリしました。それはまるで、よしよし、と言っているようでした。クロちゃんの体に触れていると、ふさふさとした軟らかい毛の手触りと、体の温かさで、自然と心が落ち着いて、安らいでくるんです。そして、しっかりしなければいけない、と思えるようになりました。クロちゃんのおかげで、私は元気になれました。クロちゃんは、自分を必要としている人がわかるんですね。ですから、今朝、あなたのところにお金を運んでいったのは、きっと、あなたのことが気になったのではないでしょうか。いえ、あなたがお金に困っているということではありませんのよ。失礼しました。本当に、今朝はごめんなさい。お詫びします」

と、女将が話し終わるのを聞いていた弘さんが

「そうですか」

と言った時に、入口の戸が開いて、タクシーの運転手が

「お待ちどおさまぁ」

と言って、ロビーに入ってきました。

弘さんは旅行カバンを持って、旅館の外に出てタクシーに乗り込みました。女将が深々と頭を下げて、タクシーを見送りました。弘さんはタクシーの運転手に、最寄りの駅まで送ってもらい、都心まで電車を乗り継いで、さらに、都心から自宅の近くを通る電車に乗り換えました。

弘さんは旅行カバンを網棚の上に載せて、座席に座ってうつらうつらしていると、自分の降りる駅名がアナウンスされて、目を覚ましました。弘さんは、旅行カバンを網棚から下ろして、膝の上に載せました。すると、カバンの中で、何かが動く気配がしました。弘さんは不審に思って、カバンのファスナーを半分開けてみると、中に黒

い猫が入っていて、弘さんと目が合いました。

弘さんは

「あっ」

と声を出して、慌ててファスナーを閉じたときに、電車が駅に到着してドアが開きました。弘さんはカバンを持って、急いで電車を降りて、ホームに立ちました。電車は間もなく、ドアを閉めて下り方面に向かって走り去っていきました。

弘さんは、電車が走ってきた後方の線路を眺めて

「今来た道を戻って、女将のところに猫を返しに行くのは、できそうもない」

と思いました。

駅のホームは、午後の早い時間でしたので、人影はまばらでした。弘さんは仕方なく、改札を通って駅の外に出て、自宅に向かいました。

弘さんは自宅に帰って、リビングに行って腰を下ろすと、旅行カバンのファスナーを開けました。すると、カバンの中から黒い猫がはい出してきて、前の足をグーンと伸ばして、背中をそらせて、大きなあくびをしました。それから、弘さんのそばに寄ってきて

「ニャオーン、ニャオーン」

と鳴いています。

黒い猫は

「おなかがすいたよぅ。何か食べるものはないの？」

と言っているようです。弘さんは立ち上がって、冷蔵庫の前に行き、ドアを開けました。昨日、二～三日留守にするつもりで出かけたので、冷蔵庫の中にあった食べ物はすべて処分していて、何もありませんでした。

弘さんは、隣にある食器戸棚の中から、イワシの缶詰を取り出して、ふたを開け、中身の半分を小皿に載せて黒猫の足元に置きました。黒猫は、それをカッカッとおいしそうに食べて、食べ終わると赤い小さな舌をチロチロと出して、お皿をきれいになめました。弘さんは、のども乾いているだろうと思って、底の浅いカップに水を入れて、お皿の隣に置きました。黒猫は、水が入っているカップのほうに向きなおって、今度は、水をピチャピチャと音を立てて飲みました。

黒猫は水を飲み終わると、ひげについた水滴をブルンブルンと首を振って飛ばしてから、再び弘さんのそばに寄ってきて

「ニャオーン、ニャオーン」

と鳴いています。黒猫は

「あんたも、何か食べなよ」

と言っているようです。

弘さんは、再び冷蔵庫のドアを開けて、中をのぞいてみましたが、やはり何もありません。そこで隣の戸棚の中から、レトルトのお粥を取り出して、電子レンジで温めてから、イワシの缶詰の残りの半分をお粥の上に載せて食べました。何だか、黒猫と兄弟になったような気分になりました。

弘さんは、これまで犬や猫を飼ったことはありませんでした。小学生の時に、おとなしそうな犬に近づいていったときに、荒々しく吠えたてられて、あの大きな口で、今にもガブリとかみつかれそうになった、恐ろしい体験をしました。それからは犬を見かけると、遠回りをして家に帰りました。だから、弘さんは、犬が嫌いになりました。猫は、もっと嫌いです。あの不気味な目を見ると、何か悪いことが起こりそうな気がしたからです。弘さんは、恐る恐る、黒猫の身体に触れてみました。ふさふさしたやわらかい毛が心地よくて、手に伝わってくる温かい体温が、なぜか心を和ませてくれています。

弘さんは、旅館の女将が言っていたように、黒猫を「クロちゃん」と呼ぶことにしました。弘さんは、何だか、クロちゃんとうまくやっていけそうな気分になりました。

初めて、自分に家族ができたと思いました。

弘さんは、クロちゃんが夜中に出入りができるように、雨戸と廊下の内側のガラス戸をあけておいてから休みました。クロちゃんは、弘さんの布団の上で寝ていたり、近所の様子を偵察しに出かけたりで、落ち着かない夜でした。

次の日、弘さんは、駅前にあるスーパーマーケットへ買い物に行くことにしました。自分用に、惣菜や豆腐、卵、納豆、野菜、果物などを買いました。それ以上に、クロちゃんのために、キャットフードや肉や魚の缶詰、魚の干物や切り身なども買いました。重い荷物を両手に持って、帰りの道は何度も立ち止まって、大きく息を吐いて、しばらく休んでから、また歩くというようにして、家に帰りつくと、また深い息を吐きました。弘さんは、自分の体力がだいぶ弱ってきていることを思い知りました。

家に帰ると、早速クロちゃんに買ってきた食べ物を用意してから、自分のお昼ごはんも食卓に並べました。クロちゃんは、どこかに出かけていて留守でした。弘さんは、買ってきた惣菜などで昼ご飯を食べ始めていると、そこに、どこからともなくクロちゃんが帰ってきました。

クロちゃんは、このころから、近所の家を回って、いろいろなものを集めてくるようになりました。大人の男の靴下の片方とか、子供の手袋の片方や、幼い子供が持っていたぬいぐるみ、メガネなどもありました。みんな、弘さんのところに運んできたものでした。

弘さんは、次第に体力がなくなってきて、昼間でも布団の上に横になっている日が多くなりました。

近所の人たちは、一人暮らしで病気の弘さんのことを、いつも気にかけていました。時々、弘さんの家の廊下に、お菓子や総菜などを届けていました。クロちゃんが弘さんの家に来てからは、自分の家の玄関先のビニール袋の中に、届けたいものを入れておくと、クロちゃんが運んでいくのがわかりました。近所の人たちは面白がって、ビニールの袋の中にリンゴを入れておいたところ、クロちゃんがリンゴの入ったビニールの袋を口にくわえて、重そうにずるずると引きずって歩く姿が、目撃されていました。

その日、クロちゃんは近所の家に上がり込んで、リビングのソファの下にもぐって、身を潜めていました。その家の主婦が、家族の昼ご飯用にさんまを焼いていて、良い匂いが、あたり一帯に立ち込めていました。

主婦は、焼きあがったさんまを、家族のそれぞれのお皿の上に載せてから、子供たちを呼びに行っている一瞬、目を離したすきに、クロちゃんが飛び出していって、椅子の上に乗ると、テーブルの上に並んでいるお皿の上のさんまをガブリと口にくわえ

て、外に飛び出していきました。主婦はそれを見て
「あっ、クロちゃん」
と、大きな声を出したけれど、追いかけたりはしませんでした。クロちゃんが、どこの家で飼われている猫か、を知っているからです。
クロちゃんは、さんまをくわえたまま走って家に帰り、弘さんが寝ている枕元にさんまを置くと
「ニャオーン、ニャオーン」
と鳴きました。クロちゃんは
「さぁ　これでも食べて、元気になりなよ」
と、言っているようです。
弘さんは、クロちゃんの体を撫でて
「クロちゃん、ありがとう。私は、もう、さんまを食べるほどの元気がないのだよ。ごめんよ」
と言って、閉じた目から涙が流れ落ちました。クロちゃんはその日から、あまり、外に出かけなくなりました。いつも、弘さんのそばに寄り添っていました。
間もなく、弘さんは、クロちゃんが見守る中、静かに息を引き取りました。近所の

人たちは、身寄りのない弘さんのお葬式をすることになり、弘さんの家に集まってきました。弘さんの家の玄関先には箱が置いてあり、中には大人の男の靴下の片方や、子供の手袋の片方、幼い子供が持っていたぬいぐるみ、メガネなどもあり、そこには「これまでお預かりした品物を、お返しいたします」というメッセージを書いた紙が、張り付けてありました。どれも、クロちゃんが弘さんのために、近所から集めてきたものばかりでした。これを見た、あるひとりの主婦は

「クロちゃんは、まるで働き者の奥さんのようだったわねぇ」

と、言って静かに笑いました。

弘さんが亡くなって、しばらくして、クロちゃんの姿は、もう、どこにもありませんでした。

アキラ君と黒猫のクロちゃんの物語

国道六号線から少し入った住宅地の一角に、こんもりとした森がありました。その森を囲うようにして道路が延びていて、国道に通じていました。

森の南面には急な階段が一〇〇段くらいあって、その階段を昇り切ると、そこは広場になっていて、突き当りには、神社がまつってありました。この神社は地域の守り神で、お正月ともなると、地域の人々が、急な階段にもかかわらず列を作って初詣に来て、手を合わせていました。また、秋祭りには屋台なども出て、地域の人々の交流の場所にもなっていました。

この日も、この広場で、地域の小学生の男の子八人で、サッカーボールを蹴って遊んでいました。小学五年生のアキラ君が蹴ったボールを、反対側にいた同級生の清君が受け止められなくて、足の間をすり抜けて、勢いよく急な階段を転げ落ちていきました。

ボールの持ち主のカズ君は、ボールを追いかけて、急な階段を駆け下りていきました。ボールは、あっという間に、階段の下まで落ちて、道路を横切って反対側を転がっていきました。ボールを追って階段を駆け下りたカズ君が、走って道路を横切ろうとしたときに、左から車が走ってきて「キキー」と急ブレーキをかけて、車が止まり、運転をしていた若い男がドアを開けて

「バカヤロー！　危ねぇじゃあねぇか！　気をつけろー！」

と怒鳴りつけてから、急発進して走り去っていきました。本当に、危ないところでした。

カズ君は、今度は注意して道路を渡り、ボールに近づいてみると、もう使えないほど歪んでいました。カズ君はボールを拾い上げると、わきに抱えて階段を昇っていきました。途中に友達が二人いて、心配そうに下の方を見下ろしていました。階段を登り切ると、ほかの友達が、やはり心配して見ていました。

カズ君は、アキラ君の前に来ると、壊れたボールを見せて
「アキラ、おまえのせいだぞ。どうしてくれるんだ」

と、べそをかきながら、肩を震わせています。カズ君は、すべての責任がアキラ君にあるとは思っていませんでしたが、どこに怒りをぶつけてよいのかが、わかりませんでした。アキラ君は、じっとカズ君の顔を見つめて、何も言いませんでした。

カズ君はくるりと背を向けて、広場を横切って、階段を降りていきました。ほかの子供たちも、カズ君の後に続いて、階段を降りていきました。アキラ君はただ一人、神社の前に残されて、境内に腰を下ろし膝を抱えて、足元を見つめていました。

するとそこに林の中から黒い猫が近づいてきて、アキラ君の足首に頭を押し付け

てスリスリしました。そして
「ニャオーン、ニャオーン」

と鳴いています。

「どうしたの、どうしたの」

と、言っているようです。

アキラ君は、足元に落ちていた枯れ枝を拾うと、黒猫の頭の周りをくるくる回したり、しっぽをさすったりして、しばらくじゃれあって遊んでいると、次第に心が和んできました。

ふと気が付くと、あたりが少し薄暗くなってきたので、家に帰ることにしました。アキラ君は広場を出て、階段を降り始めました。すると、黒猫もあとをついてきました。階段の途中まできて後ろを振り返ると、やはりついてきていました。階段を降りきって、道路を渡って住宅地に入って歩いていても、黒猫はアキラ君の後をついてきました。

アキラ君が自宅の前に来て、玄関のカギを開けて家の中に入ると、黒猫も中に上がってきました。アキラ君は台所で手を洗い、コップに水を入れて、うがいをしてから、ごくごくと水を飲みました。足元を見ると、黒猫がアキラ君を見上げて、水をほしそうにしていたので、浅いコップに水を入れて、黒猫の足元に置きました。黒猫はのどが渇いていたのか、おいしそうにピシャピシャと音を立てて飲んでいます。

アキラ君は、シンクの下の物入れからボウルを取り出して、お米を三カップ計って入れて、水道の水で洗い始めました。洗ったお米を炊飯器の釜に入れて、水を目盛りまで入れ、炊飯のボタンを押しました。

アキラ君の家は、お母さんと二人暮らしです。お父さんは、三年前に病気で亡くなりました。それから、お母さんは、朝五時に起きて、自転車で一〇分かかる駅前にある「朝食屋」さんで、六時~九時までアルバイトをして、また一〇分自転車に乗ったところにあるホームセンターに勤めていました。一八時までそこで仕事をしてから、併設しているスーパーマーケットで閉店前の買い物をしてから家に帰ってくるので、二〇時を過ぎてしまいます。アキラ君は、お母さんが帰ってくるまでに、ご飯を炊いておくのが仕事でした。

アキラ君は、それから自分の部屋に行って、宿題をすることにしました。黒猫も、あとに続いて部屋に入ってきました。アキラ君が机に向かって宿題を始めると、黒猫が机の上に載ってきて、鉛筆を転がして遊び始めました。

アキラ君は黒猫を床に下ろして、一緒に遊び始めました。竹の棒の先にひもを結び付けて、ニョロニョロ動かしてみたり、上下に振ってみたりして、楽しくじゃれあって遊んでいると、お母さんが帰ってきて、玄関の横に自転車を止める音がしました。アキラ君は、とっさに押し入れのふすまを開けて、中にあった空のダンボールの箱の中に黒猫を入れて隠すと、ふすまを少しだけ開けておいてから、自分の部屋の戸を閉めて、玄関に出ていきました。

お母さんは、玄関に入ってきて

「アキラ、ただいま。すぐにご飯を作るね。待ってて」

と言って、買ってきた野菜を洗い始めました。アキラ君は、自分の部屋に戻って、宿題の続きを始めました。黒猫は、アキラ君以外の声が聞こえたので、おとなしくしていました。

しばらくして、

「アキラ、ご飯よ」

と呼ばれたので、食卓に着きました。

この日の夕食は、アキラ君の大好きなハンバーグです。ハンバーグの隣には、スパゲティのケチャップ炒めと、ゆでたブロッコリーの上にはマヨネーズが載っていて、コーンもあり、ソースもたっぷりかかっていました。アキラ君はおなかがすいていたので、夢中になって食べました。

「アキラ、のどにつかえるわよ。落ち着いて食べなさい」

と言われて顔を上げると、お母さんは、笑っていました。

お母さんは、夕食の時間に、アキラ君と話をしたいと思っています。その日に朝食屋さんで会った人や、ホームセンターであった出来事など話してくれます。そして、アキラ君が過ごした一日を知りたいと思っています。

アキラ君は、いつもは素直に話をするのに、今日は、神社の境内の前の広場で友達とサッカーをして遊んだことは、話しませんでした。もちろん、黒猫が部屋にいることも話しませんでした。お母さんは、アキラ君の様子が少し変だと思いましたが、しつこく聞きませんでした。

食事が終わると、食器を洗って片付けるのが、アキラ君の仕事でした。その間、お母さんは洗濯をして干したり、お風呂の準備をしたり、お掃除などをして、忙しく働いていました。そのうち、お母さんから

「アキラ、お風呂に入りなさい」

と言われたので、お風呂に入りました。

続いて、お母さんがお風呂に行くのを見届けてから、アキラ君は急いで台所に行き

ご飯を小皿にとり、鰹節を混ぜて、浅いコップに水を入れて、それを部屋に運んでいって、黒猫の前に置きました。黒猫は、おなかがすいていたようで、がつがつと食べ始めました。アキラ君は、空き箱に新聞紙を敷いて、ティシュペーパーをふんわり載せて、黒猫用のトイレを作りました。お母さんがお風呂から出てきて、部屋のドアの外から「アキラ、おやすみなさい」というと、お母さんの部屋に入っていきました。アキラ君も「おやすみなさい」と言って、布団を敷いて休むことにしました。

アキラ君の家は、六畳の部屋にお母さんが、四・五畳の部屋にアキラ君がいます。台所があるその前に、テーブルと椅子を置いて食事をしています。

次の日の朝、お母さんが

「アキラ、おはよう。うちでは、猫は飼えないのよ。今日、放してきなさい。行ってきます」

と言って、まだ暗いうちに、自転車に乗って仕事に出かけていきました。アキラ君は、ぼんやりした頭で

「行ってらっしゃい」

と言ってから、なんで猫がいるということが分かったのだろう、と不思議に思いました。黒猫は、アキラ君の布団の上で丸くなって寝ていました。

アキラ君は、部屋を出て顔を洗って、お母さんが用意してくれた朝ご飯を食べました。朝ご飯はベーコンエッグで、千切りキャベツが添えられてありました。ご飯はお茶碗に盛られていて、ラップがかかっていました。いつもお母さんは、前の晩に炊いて残ったご飯を、アキラ君の朝ご飯の分を残して、自分のお昼用におにぎりを作って持っていきます。

アキラ君は、自分のご飯を減らして、黒猫のお皿にご飯を載せて、ふりかけを混ぜてやりました。少し前から、黒猫は、アキラ君の足元に来て見上げていました。卵の黄身のついたベーコンも、ご飯の上に載せてやりました。アキラ君は、黒猫と一緒に朝ご飯を食べました。黒猫もおいしそうに、夢中になって食べています。

アキラ君は食べ終わって、食器を洗って片付けているときも、部屋に戻って布団をたたんで押し入れに載せているときも、学校に行くために着替えているときも、黒猫をどうしたらよいのかを思い悩んでいました。家の中に閉じ込めて、鍵をかけて学校に行くことはできませんでした。そうかといって、外に放り出していくこともできませんでした。せっかく友達になったのに、離れたくありませんでした。

学校に行く時間が過ぎていました。アキラ君はとっさに、ランドセルの中に黒猫を入れると、ふたを閉めてランドセルを背負い、家の玄関にカギをかけて、学校に向かいました。もう、通学路には誰も歩いていませんでした。アキラ君は、走るとランドセルの中で黒猫が飛び跳ねてしまうので、大股で、そろそろと歩いて急ぎました。

学校に着くと、大きい門の方は教頭先生が閉め始めていたので、小さい門の方から入って、先生に

「おはようございます」

と挨拶をしてから、急いで教室に向かいました。

アキラ君が教室に入って、ランドセルを決められたところにおいて、自分の座席につくと同時に、若い担任の男の先生が教室に入ってきて朝礼が始まりました。アキラ君はランドセルが気になって、ちらちらと目を動かしていました。

朝礼が終わって、一時間目の国語の時間が始まりました。先生が黒板に文字を書いていて、教室の中が少しザワザワしていた時に

「ニャオーン」

という鳴き声がしました。先生が文字を書く手を止めて、生徒の方を振り返りました。教室の中が一瞬、し〜んと静まり返りました。その中に、再び

「ニャオーン」

という鳴き声が響き渡りました。先生は文字を書くのをやめて、鳴き声のした方に

向かって歩いていきました。生徒たちも自分の席を離れて、先生の後についていきました。アキラ君は自分の席を離れずに、みんなの様子を見ていました。
先生は、鳴き声がしたのはランドセルのある所と見て、ランドセルをひとつずつゆすったりしていて
「アキラ、どうやらお前のランドセルの中に、何かがいそうだぞ」
と、先生は、アキラ君がいる方を振り返って言いました。
アキラ君は
「はい、先生」
と言って、ランドセルを抱えて、自分の席まで運んで行って、机の上に載せて、ランドセルのふたを開けました。その中には黒猫が入っていて、首を長くして大きくあくびをしました。先生を取り囲んでいた生徒たちは、誰もがうれしそうに目を輝かせて、クロちゃんかわいい、と言って、代わる代わる頭をなでたり、しっぽを触ったりしました。
先生は
「アキラ、これはどうしたの？」
と聞きました。アキラ君は

「昨日、僕は黒猫と友達になって、一緒に家に帰って……お母さんに隠していたら見つかっちゃって。それで、今朝、お母さんから『うちでは猫は飼えないから、どこかに放してきなさい』って言われて……せっかく友達になったのに、どうしてよいかわからなくて、連れてきてしまいました」

と言いました。先生は

「そうか……」

と言って、アキラ君の前の席に腰を下ろしました。

アキラ君は、黒猫をランドセルの中から抱き上げて、自分の膝の上に載せました。

クラスの生徒たちは

「私にも抱かせて」「僕にも」

と言って、みんなの手に渡って、代わる代わるかわいがられました。黒猫は、いつの間にか、クロちゃん、と名前がついて、生徒の間で、もう人気者になっていました。

先生は

「さあ、これから、クロちゃんをどうしたらよいかをみんなで考えよう」

と言って、生徒たちを集めました。生徒たちは、それぞれに「お母さんの言う通りにした方がいい」とか「私が飼いたい」とか「この教室で飼いたい」などの意見が出ました。中でも「この教室で飼う」という意見がほとんどで、その方向で話が進みました。

先生は、生徒たちを見渡して

「みんなは、家で朝ご飯を食べるだろう。昼は学校で給食を食べる。夜も、家で家族と何かを食べるよね。猫もご飯を食べるぞ。それはどうする？」

と言いました。いつも朝寝坊をして、遅刻しているヒロト君が

「僕が、朝ご飯を持ってきます」

と言いました。先生が

「ヒロト、お前大丈夫か？　クロちゃんは、朝ご飯を待っているぞ」

というと、ヒロト君は

「寝坊しないようにします」

と言いました。先生は

「それでは、ヒロトに頼むことにしよう。ほかのみんなも、ヒロトをサポートしてほしい。昼は、みんなで給食を分けてあげよう。夜は、どうする？」

と言いました。クラスの中で、一番背の高い朝子ちゃんが

「私の家は猫を飼っているので、キャットフードがあります。それを持ってきます」

と言いました。先生は
「では、朝子に頼もう。もう一つ、問題があるよ。みんなは、ご飯を食べたら何かをするだろう」
と言いました。生徒たちはその意味が分かると嬉しそうにして、お互いに顔を見合わせました。女子生徒は顔を赤らめたり、両手で顔を隠したり、男子生徒は小刻みに足を踏み鳴らしたり、みんなで顔を見合って、にやにやしました。先生の隣にいたさとし君が
「おしっことウンチをします」
と言うと、みんなが大声で騒ぎ出しました。
今まで、窓辺の台の上で丸くなって寝ていたクロちゃんが、びっくりして体を起こして、みんなの方を見ましたが、また体を返して寝てしまいました。
先生が
「そうだ、猫もするぞ。それはどうする？」
と言うと、猫を飼っているという朝子ちゃんが
「うちに、猫の砂があります。それを持ってきます」
と言うと、先生が

「猫の砂？」

と聞くと、朝子ちゃんは
「はい。猫のトイレに入れて、匂いを消すの」

と言いました。先生は
「大丈夫か？　お母さんにちゃんと話せよ」

などと、それぞれの役割が決まりました、アキラ君は、大切な友達をみんなに盗られたような気持ちになって、悲しくなりました。

間もなく、クロちゃんは、クラスのアイドルになりました。誰もがクロちゃんが好きで、甘やかしたり、ちやほやしたり、じゃれあって遊びました。いつも話題の中心は、クロちゃんでした。クロちゃんを囲んで、生徒たちがいました。クロちゃんがこの教室に来たときは、体形がスマートだったのに、たっぷりご飯を食べて、丸くなってきました。また、それが可愛いと言って、ますます人気者になりました。

クロちゃんは、学校が終わって、クラスのみんながいなくなってしまう夜は、アキラ君の匂いのする椅子の上で、丸くなって寝ていました。

こうして、一週間が過ぎようとする金曜日の朝に、ヒロト君がクロちゃんの朝ご飯を持って、一番早く、いつものように教室に入ってきました。ヒロト君は

「クロちゃん、おいで。朝ご飯だよ」
と呼びました。
いつもアキラ君の椅子の上で寝ていて、ヒロト君が来ると、走り寄ってきてしっぽを立てて、甘えてくるクロちゃんの姿がありません。ヒロト君は
「あれっ、変だなぁ。どうしたんだろう」
と言って、教室の中を探し回りました。
そうしているうちに、他の生徒たちも次々に教室に入ってきて、クロちゃんがいないのに気が付いて、みんなで名前を呼んで探しました。間もなく、担任の先生が教室に入ってきて、朝礼が始まりました。生徒の一人が
「先生、クロちゃんがいなくなりました」
と言うと、先生は
「えっ？　どこに行ったのかなぁ。朝はどうだった、戸は閉まっていたかな」
と、聞きました。
「はい。僕が来たときは、閉まっていました」
と、ヒロト君が言いました。先生が
「昨日はどうだった、最後は誰だったかな」

と聞くと

「私は昨日、家が近くにある雪乃ちゃんと二人で、教室のドアを閉めて一緒に帰りました。その時クロちゃんは、窓のところで寝ていました。雪乃ちゃんのお母さんと、私のお母さんは、仲がいいんです」

と、朝子ちゃんは答えました。

先生とクラスの生徒みんなで、寂しい気持ちで沈んでいると

「ウエーン、ウオーン」

と言う、女の子の泣き声がしました。

「どうした？　雪乃、なんで泣いている？」

と、先生が聞きました。

雪乃ちゃんの泣き声は、収まりません。みんなは、雪乃ちゃんを囲んで慰めています。雪乃ちゃんは

「ウエーン、ウオーン、あたし、あたし……ぐずん、ぐずん。あたし、クロちゃんを捨てたの」

と言いました。

「捨てた？　なんで、どこに？」

とアキラ君が聞きました。雪乃ちゃんは
「だって、クロちゃんばっかり大事にされて、クロちゃんばっかりちやほやされて。クロちゃんばっかり人気者で。あたし、クロちゃんが、憎らしかったの。クロちゃんが、いなくなればいいいと思ったの。ぐすん。それで昨日、一度家に帰ったんだけど、また学校に来て、クロちゃんを連れ出して、捨てたの。七丁目の公園の隣にある空き地に、捨てたの」

と言いました。

「待て！　アキラ、今行っても、もういないぞ」

と先生が、教室を飛び出していこうとするアキラ君を止めました。まだ、雪乃ちゃんのすすり泣きの声が聞こえています。

雪乃ちゃんは目が大きくて、鼻筋が通っていて、唇はぽっちゃりしてピンク色で、誰が見ても美少女です。雪乃ちゃんは、クラスの女子生徒のあこがれの的です。男子生徒も、みんな雪乃ちゃんが好きで、目が合うとポッと顔を赤くしてしまいます。

雪乃ちゃんは、クラスのみんなからちやほやされて、みんなから大事にされて、いつも雪乃ちゃんを囲んで、話題の中心になっていました。雪乃ちゃんは、クラスのみんなのアイドルでした。

ところが、クロちゃんが来てから、話題の中心はクロちゃんに移り、クロちゃんが大事にされて、ちやほやされて、アイドルの座をクロちゃんに奪われてしまいました。そこで雪乃ちゃんは、自分を守るために、クロちゃんを排除する行動を起こしたのです。

その日は、寂しくてやるせない一日が過ぎていきました。次の週の月曜日から、ヒロト君は朝寝坊をして、遅刻するようになりました。朝子ちゃんは、間違ってキャットフードを持ってきてしまいました。給食の時間になると、クロちゃんがクラスのみんなから分けてもらったご飯を食べていた場所の方を、みんなで見てしまいました。

間もなく、クロちゃんが使っていた食器やコップは片づけられて、トイレもなくなって、クロちゃんが教室で暮らしていたという形跡は、どこにもなくなってしまいました。

すると、次第に雪乃ちゃんに、再び、クラスのみんなの関心が集まってきました。雪乃ちゃんの周りに生徒たちが集まり、大事にされて、ちやほやされるようになりました。雪乃ちゃんは再び、クラスのみんなのアイドルに返り咲きました。雪乃ちゃんは

「クロちゃんを捨てたのは、よいことだったのだわ」

と、思っています。

雪乃ちゃんが、クロちゃんを捨てたという空き地には、今日も、アキラ君の姿があ

りました。

ルリちゃんと黒猫のクロちゃんの物語

台風が来て大雨が降ると、いつも浸水に悩まされる住宅地がありました。住宅地の中心には、生活排水の水を収容する放水路が流れていて、降った雨水がその放水路に流れ込んであふれ出てしまい、放水路の両側に軒を連ねて立つ住宅のほとんどが、浸水の被害にあってしまいます。昨夜も一晩中雨風が吹き荒れて、人々は眠れない夜を過ごしました。

台風は夜のうちに過ぎ去って、今朝は青空が広がり、近くにある雑木林から飛んできた枯れ枝や木の葉が、あたり一面に飛び散らかっていましたが、何とか今回は、浸水の被害は免れました。この放水路の一番下流に、小さな一軒の家が建っていました。

この家に住む七〇代の女性の名前は千代さんと言って、孫娘と暮らしていました。

千代さんは、家の前の道路に飛んできて散らかっているごみの山を、箒と塵取りを動かして、ごみ袋に詰めていました。道路の掃除が終わると、家の前にあるわずかばかりの庭に植えた草花に目をやって、ため息をつきました。

サルビアやペチュニアはどれも横倒しになっていて、ゼラニュームは枝だけが残っていました。千代さんは、大切に育てていた草花が見るも無残な姿になってしまって、悲しくなりました。まだ立ち直れそうな苗は植え直したりして、庭の手入れを済ませると、次に玄関の前を箒ではいてから家の中に入って、今度は家の中の掃除を始めました。

千代さんの家は北側に玄関があって、その前には車が一台くらい通れる道路がありました。その先は放水路に橋が架かっていて、坂道を登ったところは、量販店が立ち並ぶ国道に通じていました。

千代さんの家は、玄関を入ると板の間があり、突き当りに台所があります。その右には六畳の和室があって、四・五畳の部屋が横にありました。台所の左の方にはお風呂場、洗面所、トイレなどがあります。台所と六畳の和室の外に放水路があり、フェンスで囲まれていて、その前には高い建物がないので、日差しが部屋の中にたっぷり入っています。

千代さんは、家の中の掃除を一通り終えて、最後に玄関の板の間の雑巾がけを済ませると

「やれ、やれ」

と言って、板の間にぺたりとしゃがみこんで、開け放された玄関の先を見ると、黒い猫がこちらに向かって歩いてきました。敷居の前まで来ると

「ニャオーン、ニャオーン」

と、鳴いています。

「こんにちは、こんにちは」
と、言っているようです。千代さんは
「あれまぁ。あんた、どこから来たの？」
と言っている間に、黒猫は敷居をまたいで板の間に飛び乗って、今雑巾がけをしてきれいにしたばかりの板の間に足跡をつけて、台所のほうに歩いていきました。そして、千代さんの方に向かって
「ニャオーン」
と鳴いて、待っています。千代さんは
「どうやら、おなかがすいているようだね」
と言って、炊飯器からご飯を取り出し、小皿に載せて、鰹節をまぶしてから、黒猫の足元に置きました。
黒猫は、それをおいしそうにがつがつと食べています。千代さんは
「やっぱり、おなかがすいていたんだね」
と言って、目を細めて見ていました。黒猫はご飯を食べ終わると、お皿までぺろぺろなめてから、いきなり台所の流し台の上に飛び乗って、水道の蛇口に口をつけて、なめ始めました。千代さんは

「のども渇いていたのかい、待っておいで」

と言って、浅いコップに水を汲んでお皿の隣に置きました。黒猫は、流し台からトンと床の上に飛び降りて、コップの中の水を飲み始めました。

黒猫は水を飲み終わると、前足に舌をこすりつけて濡らしてから、顔をこすって洗い始めました。黒猫はそれらの作業が終わると、日差しがたっぷり差し込む千代さんの部屋に行って、ここにはずっと前からいるのよ、と言わんばかりに、窓際に行って、ごろりと横になりました。千代さんは、楽しそうにそれらを見ていて、すっかり黒猫を好きになりました。

お昼の時間になったので、千代さんは、自分のご飯を用意することにしました。いつも、スーパーマーケットの魚売り場で多めに買ってきた魚の切り身を、そのまま焼いて食べるのではなく、西京味噌に漬けたり、酒粕に漬けたりして、よりおいしくして食べていました。今日は、西京味噌に漬けたサケの切り身を取り出して、グリルで焼きました。焼いている間に、厚揚げとわかめの味噌汁を作りました。昨日作ったヒジキと大豆の煮ものも小鉢に取り分けて、お昼ご飯の用意ができました。台所の前の板の間にマットを敷き、座卓を置いて、座布団を敷いて、食事をしています。

千代さんが、座卓の前に座り食事を始めていると、魚が焼けたいい匂いがしたので、黒猫がやってきて、千代さんのそばに座って見ています。千代さんは、魚の半分を取り分けて、先ほどの小皿に載せました。

黒猫は、おいしそうに食べ終わると、赤い小さな舌で口の周りをなめてから、また千代さんの部屋に引き上げていきました。

千代さんはお昼ご飯を食べ終わると、食器を洗ってカゴに伏せて、今夜の夕食の準備を少ししてから、自分の部屋に行きました。暖かい日差しが差し込む部屋の壁に背中を持たせかけて、足を投げ出すと、今まで窓際で寝そべっていた黒猫が、そろそろと近づいてきて、千代さんの膝の上に乗って、丸くなりました。

千代さんは、黒猫の頭や背中を撫でていると、フワフワしたやわらかい毛の手触りと、温かい体温が伝わってきて、何とも心地よくて、いつの間にかうとうとしていると、玄関の戸がガラッと開いて

「ただいまぁ」

と言って、小学六年生で孫娘のルリちゃんが、学校から帰ってきました。

ルリちゃんは、急ぎ足で自分の部屋に行って、ランドセルをドサッと下ろすと、再び駆け足で玄関に向かいましたが、ふと足を止めると戻ってきて、千代さんの部屋をのぞいて

「おばあちゃん、その猫、どうしたの？」と聞きました。

「お帰り。今日、家に来たから飼うことにしたよ。クロちゃんと呼ぼう」

と千代さんが言うと、ルリちゃんは
「ふうん」

と言って、思い出したようにして、外に飛び出していきました。友達が外で待っていました。

ルリちゃんにはお父さんがいません。お母さんが一九歳の時に、同棲をしていた男の人との間に生まれました。その男の人は、ルリちゃんが生まれると間もなく、どこかに出かけたきり帰ってこなくなり、行方不明になりました。

ルリちゃんは、生まれた時から、お母さんの母親である千代さんによって育てられました。千代さんは、優しくもあり厳しくもありで、ルリちゃんを大事に育ててきました。

お母さんは、隣の県にある大きな病院で看護師をしていて、時々夜勤があるということで、病院の近くにアパートを借りて、暮らしていました。お母さんは毎月一度、二人の元を訪れて、千代さんに生活費を渡して、ルリちゃんを連れて家から歩いて一七分くらいかかる最寄りの駅まで行き、その周りにある繁華街で一緒にお昼ご飯を食べました。

駅の周辺には銀行、美容室、スーパーマーケット、書店や飲食店などが立ち並び、人々が行き来して、賑わいを見せていました。

食事のあとに、ルリちゃんの洋服や靴などほしがるものを買ってあげて、家までルリちゃんを送り届けると、お母さんは帰っていきました。

ルリちゃんは千代さんに対して、これまで少しも不満はありませんでしたが、小学校を卒業して中学生になるころから、自分の生活環境に不満を持ち始めるようになりました。友達の家は、どこもお父さんとお母さんが一緒に暮らしていて、休みの日は家族で連れ立って楽しそうにしているのを見ると、自然に涙が流れてしまいました。

ルリちゃんは、学校で友達と言い争ったり、友達のものを隠したり、投げつけたりして、憂さを晴らすようになってしまい、友達はみんな去っていきました。学校がつまらなくなり、休みがちになりました。ルリちゃんの心に、非行の芽が芽生え始めていました。

ルリちゃんは学校を無断で休んで、やはり学校を嫌う同じような仲間たちと連れ立って、駅前の繁華街をのし歩くようになりました。服装も乱れてきて、いつしか、書店で万引きをしたところを店員に見つかり、警察に通報されて、補導されました。ルリちゃんはすっかり、非行少女のレッテルを貼られてしまいました。千代さんは、そのようなルリちゃんに心を痛めても、何もできませんでした。
このころからルリちゃんは、千代さんが可愛がっているクロちゃんをいじめるようになりました。頭を箒でたたいたり、しっぽを引っ張ったり、追いかけまわして捕まえて、投げ飛ばしたりしました。クロちゃんは、ルリちゃんが家にいるときは、狭い家具の隙間に入り込んでじっとしていたり、千代さんの部屋に逃げ込んで、押し入れの隅で身を隠したりして、なるべくルリちゃんに近寄らないようにしました。
いつものように、毎月一度、ルリちゃんのお母さんが二人を訪ねてきました。お母さんはルリちゃんを連れて、駅前の繁華街にお昼ご飯を食べに行きました。今日はイタリアンレストランで、パスタランチを食べました。お母さんは、食事のあと
「何か、ほしいものはある?」
と聞きました。ルリちゃんは
「あたし、今度、自分でほしいものを選びたいから、お金を頂戴」
と言いました。お母さんは
「そうねぇ、もう自分で選べるわよね」
と言って、バッグの中から財布を取り出して、その中から千円札を五枚、ルリちゃ

んの手に握らせました。

ルリちゃんは
「ありがとう」

と言って、渡されたお金をズボンのポケットにしまいました。ルリちゃんは
「あたし、もう送らなくていいよ。一人で帰れるから、駅まで一緒に行くね」

と言って、二人で連れ立って駅に来ました。お母さんは、切符を買って改札を通って、ルリちゃんに手を振りながら、階段を下りていきました。

ルリちゃんは、急いで切符売り場に行って、さっきお母さんからもらった千円札をポケットから取り出して、一番安い切符を買うと、お母さんが下りて行った階段とは反対の方の階段を駆け下りました。お母さんに気付かれないように、建物の陰に隠れて見失わないようにして、お母さんの様子をうかがっていました。お母さんは、これから入ってくる上りの電車のホームに立っていました。

間もなく電車が到着すると、人の波が動いて、開いたドアに吸い込まれていきました。ルリちゃんは、お母さんが電車に乗ったのを見届けてから、自分も一つ後方の車両に乗り込みました。お母さんは、空いている座席がないので、吊革に手をかけて、ぼんやりと外の景色を眺めていました。ルリちゃんは人陰に隠れて、お母さんを見つ

めていました。

以前ルリちゃんは、お母さんに
「今度、お母さんのところに行っていい?」

と言うと、お母さんは、しばらく考えてから
「今度ね……」

と言ってから「今度」はこれまで一度もありませんでした。ルリちゃんは、お母さんの居場所を知りたいと思いました。

ルリちゃんは今日、それを実行に移したのです。電車に乗ってから、四駅目に近づくと、到着する駅名のアナウンスがあり、お母さんは出口に向かって歩き、電車を降りる準備を始めました。ルリちゃんも出口に向かいました。

この駅はホームが高架になっていて、ほかの路線が乗り入れているので、改札が一階にありました。

お母さんは電車を降りると、階段を下に向かって降りて、暗い高架下を歩いて改札に向かいました。ルリちゃんも人陰に隠れて、人の波の後に続きました。お母さんが改札を出たのを見て、ルリちゃんも改札を通ろうとしたときに、突然、目の前のドアが閉まり、警告音が鳴りました。切符の料金が、不足していたのです。ルリちゃんは

慌てて切符を取り、精算機に向かいました。精算機の前には五～六人の人が待っていて、ようやく改札を抜けたときには、もう、お母さんの姿はどこにもありませんでした。

ルリちゃんは、駅前にあるコンビニや書店などに入って、お母さんの姿を探しました。信号を渡って、通りの反対側にも行って、路地の間や裏側も探しましたが、見つけることはできませんでした。ルリちゃんは歩き疲れて駅に戻り、今日は帰ろうと思いました。このときはじめて、この駅が「朝日」という駅名であることを知りました。

ルリちゃんは下りの電車に乗って、家に帰りました。あたりはもう薄暗くなっていました。

ルリちゃんが家に帰ると、千代さんが座卓の上に夕ご飯を用意して待っていました。千代さんは
「お帰り、遅かったね。何かあったのかと思って、心配したよ」

と言うと、ルリちゃんは
「ごめんね」

と言って、手を洗い食卓に着きました。

この日の夕食は、ルリちゃんの好きなチキンソテーでした。少し冷めてしまったので、千代さんはチキンをホイルで包んで、フライパンに載せて、コンロに火をつけて

温めてくれました。トマトと玉ねぎのマリネもありました。コーンスープも、温め直してくれました。

千代さんとルリちゃんは向かい合って座り、夕食を食べました。ほとんど会話はありませんでした。千代さんは心配でしたが、しつこく聞くのをやめて、いつかルリちゃんから話してくれるのを待つことにしました。クロちゃんの姿は、どこにもありませんでした。

ルリちゃんは、千代さんに対して、とても素直でよい子なのですが、外では、今日も学校を休んで遊び仲間と一緒に街角でたむろしていました。

一月後、お母さんが二人のところに来ました。お母さんはいつものように、千代さんに生活費を渡し、ルリちゃんを連れて駅まで歩いて行って、お昼ご飯を食べました。今日は、駅の北口のビルの二階にある、お昼も開店している、人気のある寿司店で握り寿司ランチを食べました。

それから二人は、洋品店や靴屋の覗き見をしましたが、これと言ってほしいものはなくて、そのまま一緒に駅まで歩いて行って、そこで別れることにしました。

お母さんは券売機で切符を買い、ルリちゃんに小遣いを渡すと、改札を通ってルリちゃんに手を振りながら、別れていきました。ルリちゃんは先月と同じように、お母さんの後をつけていくことにしました。

ルリちゃんは、お母さんに気付かれないようにして電車に乗り、今度は朝日駅までの正規の切符を買ったので、朝日駅の改札は、すんなり通り抜けることができました。駅の前には二車線の道路が走っていて、お母さんは、その右側の歩道を歩いていました。少し行くと歩道が切れて、横に入る路地があり、その手前の角にあるファーストフード店に、お母さんは入っていきました。ルリちゃんは近くの建物に隠れて、ファーストフード店の入口を見張っていました。

三〇分くらいしてから、お母さんは、お店から出てきました。見知らぬ男の人と、傍には小学生くらいの男の子と、幼稚園に通うくらいの女の子がいました。四人は、談笑しながら道路に沿った歩道を五分くらい歩いて、大きな建物に〝九龍飯店〟という赤い看板を掲げた、中華レストランに入っていきました。ルリちゃんはそれを見届けると、信号を渡ってレストランの向かいにあるコンビニに入っていき、雑誌売り場で本を見るふりをして、向かいにあるレストランの入口を見張っていました。

一時間半ほどたったのちに、四人はレストランを出てきました。今度は、駅の方に向かって歩いて行き、途中で立ち止まると、女の子が何かを男の人に話しかけました。男の人は女の子を抱き上げて、そのまま歩いていきました。お母さんは、男の子と手をつないで歩いて行きました。ルリちゃんは、物陰に隠れながら、四人の後をつけていきました。

お母さんたちは駅を通り過ぎて、しばらくして、人通りが途絶えたところにある、コインパーキングに入っていきました。たくさんの車が駐車していて、その中にある一台の白い車に近づいて行って、後部ドアを開けて、子供たちを乗せると、男の人が運転席に座り、お母さんが助手席に座りました。白い車は、コインパーキングのゲートを通って道路に出て、駅とは反対の方向に走り去っていきました。

ルリちゃんは、今まで見てきた光景が何を意味するのかが、よく分かりませんでした。ルリちゃんは、走り去っていく車のテールランプのライトが見えなくなってからも、まだその場に立ち尽くしていました。

その時、サアーっと冷たい風が吹いてきて、ルリちゃんのほほを撫でていきました。ルリちゃんは、ハッと我に返ると、トボトボと駅まで歩いて電車に乗り、家に帰りました。ルリちゃんの頭の中は、今日見た出来事で一杯でした。あたりは、もう暗闇に包まれていました。

家に帰ると、千代さんが心配して待っていました。千代さんは

「お帰り、遅かったね。今日は、何かあったのだね。おなかがすいているだろう、ま

ずはご飯を食べようね。話はあとで聞くよ」

と言って、台所に立ちました。

チキンライスがもう出来上がっていて、炊飯器の中で温められていました。千代さんはフライパンを火にかけて、油をひいてから、溶きほぐした卵を流し入れると、大きくかき混ぜてすぐに、火からフライパンを外しました。フライパンの中の半熟卵の手前にチキンライスを置いて卵焼きをかぶせると、表面がしっとりして、中がトロトロな半熟卵で巻いた、ルリちゃんの大好きなオムライスができました。ケチャップをたっぷり載せました。ポテトサラダもあり、トマトとオクラの入ったコンソメスープも温められました。

千代さんの作るご飯は、いつもおいしくて元気が出るのですが、今日は頭が混乱していて、味を感じられませんでした。ルリちゃんが

「おいしい」

と言うと、千代さんは

「そう、よかった」

という、短い会話だけで夕食が終わりました。

一緒に後片付けをしてから、千代さんがほうじ茶を入れて、再び二人は座卓に向か

い合って座りました。

千代さんが

「さあ、今日あったことを話してごらん」

と言うと、ルリちゃんは、お母さんがどこに住んでいるのかを知りたくて、電車に乗って後をつけていったこと、〝朝日〟という駅まで行って、そこで見た、お母さんと一緒にいた知らない人たちのこと、などを話しました。そして

「おばあちゃんは、知っているのでしょう？　教えて、あの人たちは家族なの？」

と聞きました。千代さんは、小さく頷いてから

「私からは、何も話さないよ。ルリちゃんが、お母さんから聞いておくれ。来月お母さんが来たら、今日見たことを話して、直接お母さんから聞いておくれ。さぁ、今日は疲れただろうから、お風呂に入って、よく温まってからお休み……ね」

と言いました。ルリちゃんは頷いて

「わかった」

と言いました。ルリちゃんはその夜、ほとんど眠ることができませんでした。

一月後に、お母さんが来ました。この日、千代さんは、お昼前に買い物に出かけていきました。ルリちゃんは最近、千代さんのことが気にかかっていました。きれい好

きの千代さんが、ゴミを散らかしていたり、洗濯するのを忘れていたり、毎日同じ服を着ていたりしているからです。ルリちゃんは、千代さんが大好きなので、このことはお母さんには言わないでおこう、と思いました。ルリちゃんは、お母さんに
「今日は、ランチはいいから、話をしたいの。ここに座って」
と言って、座卓の前の座布団を指さしました。ルリちゃんはお茶を入れて、お母さんと自分の前において、向かい合って座りました。ルリちゃんは、一月前に、朝日駅で見た出来事を話して
「あの人たちは、お母さんの家族なの？　子供が二人いたけど、あの子たちは、私の弟と妹になるの？　私もお母さんの子供なのに、なんで一緒に暮らせないの？……私をのけ者にして、お母さんは楽しそうに、幸せそうに、家族と暮らしている。なんで、どうしてなの？」
と、ルリちゃんの声は、次第に大きく激しくなっていました。
お母さんは、テーブルの上の湯飲み茶わんを包んでいる両手をじっと見つめながら、ルリちゃんの話を聞いていました。そして、小さい声で一言
「ごめんなさい……」
と言っただけで、静かに家を出て行ってしまいました。お母さんは、ルリちゃんの

問いに、何も答えてくれませんでした。何も話してくれませんでした。

ルリちゃんは、お母さんが帰ってしまうと、座卓の上に両手を投げ出して、顔を突っ伏して、すすり泣きを始めました。ルリちゃんの悲しみは、堰を切ったように限界を超えて、あふれ出てしまいました。泣くことしかできませんでした。

その時、クロちゃんは、狭い家具の間に潜り込んで、身を伏せて、じっとルリちゃんを見つめていました。ルリちゃんの泣き声は、次第に高くなりました。クロちゃんは、家具の隙間からソロソロと這い出してきて、ルリちゃんの膝のところに近づいてきました。ルリちゃんは
「そばに来るなぁー」

と言って、クロちゃんを手で思い切り振り払いました。クロちゃんは、飛ばされて、食器戸棚の角に頭をぶつけて止まりました。

クロちゃんは起き上がって、頭をブルブルと振って、体勢を立て直してから、その場にうずくまって、ルリちゃんを見つめていました。ルリちゃんの泣き声は、さらに、激しくなりました。

クロちゃんは、今度はルリちゃんの足首のあたりに近づいていきました。ルリちゃんは

「そばに来るなって言っただろうがー」

と言って、足で激しく蹴っ飛ばしたので、クロちゃんは、さらに遠くにすっ飛んで行って、背中を壁にぶつけて止まりました。クロちゃんは起き上がって、背中をブルブルと振って、またその場にうずくまって、ルリちゃんを見つめました。

ルリちゃんは、これまでじっとこらえていた、心の中にある葛藤を引き出して、洗い流すかのように、泣き続けました。全身を震わせて泣きました。

クロちゃんは、今度はルリちゃんの背中に近づいて行って、自分の頭をルリちゃんの背中に押し付けて、スリスリさすりはじめました。

「よしよし、よしよし」

と、言っているようです。クロちゃんは、ルリちゃんの背中をスリスリし続けました。ルリちゃんの泣き声は、次第に小さくなり、少しずつ落ち着きを取り戻してきました。クロちゃんは背中をさするのをやめて、ルリちゃんの前に回って、今度は膝の上に乗り、そこで丸くなりました。

ルリちゃんの手が、クロちゃんの頭や背中に触れました。クロちゃんの軟らかいふさふさとした毛の手触りと、温かい体温が伝わってきて、ルリちゃんの冷え切ってしまっていた心を温め始めました。長いこと、触れ合っていました。ルリちゃんはもう、クロちゃんを邪険に振り払ったりしませんでした。

その日、千代さんは、家に帰ってきませんでした。千代さんは、買い物に出かけて行った先で、自分の帰るところがわからなくなってしまい、警察に保護されて、そのまま病院に入院させられてしまいました。ルリちゃんは、一人ぼっちになってしまいました。

ルリちゃんは中学を卒業すると、駅前にある大型のスーパーマーケットに就職しました。研修を受けて、レジ係を担当できるようになりました。ルリちゃんは、朝起きて、クロちゃんにご飯と水を用意してから、仕事に出かけていきました。帰ってくると、家で待っているクロちゃんと一緒に、夕ご飯を食べました。

ルリちゃんにとって、クロちゃんが、かけがえのない家族になりました。ルリちゃんはもう、お母さんを追うのをやめました。ルリちゃんは、一歩一歩確実に、自立への道を、歩み始めています。

青虫料理人

国道に沿って、細い道がありました。一方は国道に通じていて、もう一方は隣の市に延びていました。

この一帯は畑ばかりで、はるか先には林が広がっていました。この細い道にへばりつくようにして、あたりに、人家はなく、道具小屋や物置小屋があるばかりでした。その食堂の名は、屋根を覆うように掲げられて、風雨にさらされた看板の文字から、かすかに「大衆食堂」と読み取れました。

この食堂が開店している時は、国道沿いと、食堂に続く道路の端に「ラーメン」という文字を染め抜いたのぼり旗が、風を受けてはためいていました。このあたりの国道沿いには、大型重機のレンタル会社やゴルフ場、倉庫会社などがあるものの、食事を提供するところはなく、のぼり旗が国道を走るお腹を空かせたドライバーの目に留まり、一度通り過ぎた車も戻ってきて、この食堂に入るので、店の中はいつも込み合っていました。店の裏には、五～六台の車が駐められる空き地がありますが、それだけでは足りなくて、畑のあぜ道や道路の路肩などにも駐車をするので、客同士でいざこざが起きたりしていました。

店の中に入ると、中央に厨房があり、その周りを囲むようにして作り付けのテーブルがあり、その下には丸い椅子が置いてありました。そのほかには、四人掛けのテーブルが二台ありました。椅子は、ビニール張りのパイプ椅子です。満席で、一三人前後になりました。

初めて来た客は、店内の貧相な様子に戸惑っていましたが、あとから来た客に促されて空いた席に着くと、店員の女性が、前の客の食器を片付けてから、台布巾でテーブルを拭きながら

「何になさいますか？」

と聞きました。初めての客は

「何がおすすめですか？」

と聞きました。店員は

「お客様が食べたいと思うものが、おすすめです」

と言って、にっこりしました。

店員の女性は、体が丸く、顔も丸く、にっこりした笑顔は、夏に咲くひまわりの花のようだと思いました。初めての客は

「それでは、餃子と醤油ラーメンをお願いします」

と言いました。店員は

「麺は、細いのと太いのがありますが、どちらにしますか？」

と聞きました。初めての客は
「細い麺をお願いします」
と言うと、店員は、再びにっこりして
「少しお待ちください」
と言って、伝票にオーダーを書いて、厨房の中にいる男に渡すと、ほかの客のところに行きました。

初めての客は、改めて壁に貼ってある薄汚れたメニューを見ると、醤油ラーメン、みそラーメン、餃子、野菜いため、ライスだけでした。

間もなく、始めに餃子が運ばれてきました。初めての客は、小皿にラー油、酢、醤油を取り、まず、何もつけずに半分食べました。程よく焼き色のついた皮は、パリッとしていて、ヒダのある方は、ふんわり、もちもちしていました。残りの半分にはたれを含ませて食べました。どちらも「うまい」と思いました。

餃子を食べ終わったときに、醤油ラーメンが運ばれてきました。柳のようなしなやかな細い麺が、澄んだスープの中にたたずんでいます。トッピングは、海苔、メンマ、半熟のゆで卵の半分、オレンジ色の卵の黄身が程よく、しっとりしています。後は、白髪ねぎです。レンゲを使ってスープを飲みました。

餃子を食べた後で、口の中に残っていた脂分が、スープとともにのどを流れていきました。スープを飲んで、初めての客は「うまい」と思いました。麺を食べてから、これも「うまい」と思いました。人は、おいしいものを食べているときは無口になり、真剣に、食べ物に向き合ってしまいます。

初めての客は、店に入ってきたときの戸惑いや、店内の貧相な作りなどは、全く気にならなくなり、おいしいものを食べた後の満足感で、自然と優しい心になり、顔が穏やかになりました。初めての客は、心から

「ごちそうさま」

と言い

「今度は、みそにしよう」

と決めて、店を後にしました。

この店の店主は坂下トオルさんで、店員は妻のタマヨさんです。二人は、結婚すると間もなく、ただラーメンが好き、というだけで、何にも知識や経験がないのに、いきなり畑の真ん中にラーメン店を開いてしまいました。少し離れたところにある国道を、車がピュンピュン走っていても、このラーメン店に入ってくる客はなく、もしまれに客が来ても、もう二度と来ない、という有様でした。それは、ラーメンが「まず

い」ということでした。

坂下さんは、不愛想でぶっきらぼうな人ですが、幸いなことにも、努力家で研究熱心な人でした。どうしたら「うまい」ラーメンが作れるのか？　坂下さんの頭の中は、ラーメンのことばかりでした。

毎日毎日、ラーメンの麺の材料の分量を変えてみたり、打ち方を変えてみたり、小麦粉を変えてみたり、麺の切り方を変えてみたり、ゆで方を変えてみたりと、何でもやってみました。スープのだしも同様に、魚、豚の骨などを、それぞれ別にして長く煮込んだり、一緒にして煮込んだり、こちらも何でもやってみました。

こうして、何度も失敗を重ねて、何とか自分でも納得ができるラーメンに仕上げるのに三年の歳月が流れていました。改めて開店して、国道沿いと、店の前に続く道路沿いに、のぼり旗を立てましたが、客は誰一人きませんでした。

そのうち、一人来て、二人来て、少しずつ、客が増えてきました。ラーメンが「うまい」という噂が、口コミでドライバーの間に広がっていきました。そのうち、昼時には行列ができるほどまでになりました。

坂下さん夫婦には、中学二年生のノボル君という男の子がいました。ノボル君は、自転車で片道四〇分かかるところにある中学校に通っていました。ノボル君は、あまり勉強が得意ではありませんでした。スポーツも、どちらかと言えば好きではありませんでした。登下校に時間がかかるという理由から、クラブ活動は免除されて、授業が終わると家に帰っていました。

勉強ができるということは、どういうことでしょうか？　数字を即座に足したり、引いたり、掛けたり、割ったりすることができることでしょうか？　難しい漢字を読んだり、書いたりすることができることでしょうか？　社会の仕組みを知って、世の中をうまく渡り歩く術を、身に付けることでしょうか？

ノボル君は、毎日学校から帰ってくると、父親のそばで、じっとラーメンの麺を打つ手を見ていました。ノボル君は

「すごいなぁ、父ちゃんは。僕も将来、あんなふうに料理を作って、お客を喜ばせたいなぁ」

と目を輝かせていました。

坂下さんのラーメン店「大衆食堂」は、連日大盛況でした。昼前の一一時に開店して、一四時にひとまず店を閉めて、夕方の一七時に再び店を開けて、二〇時に閉店、と決めていました。閉店後に、店の片づけや夕食を摂り、さらに翌日の仕込みを終えてから休むと、いつも〇時を過ぎてしまいました。妻のタマヨさんも、夫を助けて、

十分寝る間もなく働きづめでした。

多忙な昼時の客が帰り、仕事がひと段落した時に、突然、タマヨさんが倒れてしまい、救急車で病院に運ばれる途中で、息を引き取ってしまいました。ノボル君は学校にいて、先生から事情を聞かされて、急いで家に帰りました。

家に帰ると、母親は、居間に敷かれた布団の中にいて、白い布が顔に掛けられていました。ノボル君が白い布を外すと、優しい母親の顔は、今にも目を開けて、何かを話しかけてきそうな様子でした。父親は、母の枕もとで、ただうなだれているばかりでした。

お葬式が終わってしばらくたっても、父親は店を開けようとしませんでした。仏壇の前に座り、仏壇の中のタマヨさんの写真に向かって、何やらぶつぶつと話しかけていたかと思うと、突然「ワッ」と声に出して泣き崩れる父親を横目に見て、ノボル君は学校に行き始めました。

どこにいても、何をしていても、ノボル君の頭の中は、母親のことばかりでした。

自転車をこいでいると
「ノボル、いつもそばに居るからね」

という母の声が風に乗って聞こえてきて、涙があふれてきて止まりませんでした。

ノボル君は、学校の教室で授業を受けていても上の空で、ぼんやり外を眺めていても、先生は見逃してくれました。ノボル君は

「母ちゃんがいなくなるということは、何で、こんなに悲しいのだろう」

と思いました。

ノボル君が学校から帰ると、いつものように、父親は何もしようとしないで、締め切った部屋の中で一人、ぽつねんとしていました。ご飯もあまり作りませんでした。

ノボル君は、自分の食べたいものを作ることにしました。それは、ノボル君の大好きな「かつ丼」でした。ノボル君は、母親が作ってくれたかつ丼を思い出して、まず、豚カツを作り始めました。冷蔵庫から塊の肉を取り出して、適当に切って衣をつけて、油で揚げました。玉ねぎを刻んで醤油で煮ました。そこに、食べやすい大きさに切った豚かつを入れて、卵を流し入れました。食べてみると「まずい」かつ丼でした。

ノボル君はその日から、毎日毎日、かつ丼を作り続けました。ノボル君は、どうしたらうまいかつ丼が作れるのだろう、と思いました。肉をたたいて軟らかくしたり、揚げ油の温度を変えたり、玉ねぎの切り方を変えたり、調味料を工夫したり、卵のとじ方を考えたりして、ようやく自分好みの「かつ丼」ができつつありました。かつ丼を作り始めてから、一月近くかかっていました。

ある日、「大衆食堂」の店の表の戸を、ガンガンたたく人がいました。誰も応対に出ないでいると、その人は裏口に回ってきて、裏口の戸を開けて
「親父さん、いるぅ、いつになったら、店を開けるのかね。いつ来ても店が閉まっているからさぁ」
と言っているのは、国道沿いにある倉庫会社の従業員で、毎日のように店に来てくれていた菊池さんという人でした。
父親は
「はぁ」
と言っただけで、後に言葉がありませんでした。菊池さんは
「あれぇ、いい匂いがしているねぇ。何を作っているの？」
と言って、居間のそばにある細い通路を通って、店のほうに歩いて行きました。菊池さんは、厨房の中にいるノボル君に、再び
「何を作っているの？」
と聞きました。ノボル君は
「はい、かつ丼です」
と言いました。菊池さんは

「かつ丼かぁ、いいねぇ。おじさんにも作ってくれないかなぁ」
と言いました。ノボル君は
「いいですよ、少し待っててもらえますか？」
と言いました。菊池さんは
「いいよ」
と言って、カウンターの下の椅子に腰を下ろしました。
ノボル君は玉ねぎを煮ていて、丁度かつを油で揚げるところでした。ノボル君は、揚げたかつの油を切って、六個に切り分けて、そのうちの四切れを玉ねぎの煮汁に浸して、卵でとじました。丼にご飯をよそって、卵でとじない二切れのかつを載せて、卵でとじたかつ煮も載せました。ノボル君は
「おまちどおさまぁ」
と言って、それをカウンターの席にいる菊池さんの前に出しました。菊池さんは
「おおっ、うまそうだなぁ。いただきます」
と言って、箸をつけました。菊池さんは
「肉が軟らかいし、味もいい。卵もふんわりしていてトロトロだ。すごくうまいよ。あれっ、これは？」

と言って、卵でとじていないかつを箸でつまんで見せて、ノボル君に聞きました。
ノボル君は
「はい、かつ丼は、最初から最後まで同じ味なので、同じかつでも、別の味で食べるのもいいかなと思って、ソースとからしを用意しました」
と言って、ソースとからしの入った小皿を渡しました。菊池さんは
「なるほどねぇ。これにソースをつけて食べるんだね。確かに、これは豚カツを食べた感じがするよ。一つのどんぶりで、二つの味かぁ。いいねぇ。ノボル君、一つ、言っていいかなぁ。豚カツのそばに、千切りキャベツを置くのはどうかなぁ」
と言いました。ノボル君は
「あっ、それはいいですね。おじさん、ありがとうございます」
と言いました。菊池さんは、食べ終わると
「うまかったよ、ごちそうさま」
と言って、ズボンのポケットから財布を取り出して、中にあった千円札をカウンターの上に置きました。ノボル君は
「あっ、おじさん。これはいいです。まだ試作なので」
と言うと、菊池さんは

「バカ言っちゃあいけないよ。うまいものを食べたら、金を払うのは当たり前だよ」

と言って、店の中の椅子に腰を下ろしていた父親に向かって
「親父さん、いい後継者ができたねぇ」

と言いました。

父親は顔を緩ませて、右の手のひらでほほのあたりを、照れくさそうにさすっていました。菊池さんは
「ノボル君、また来るから頼むよ」

と言い、父親には
「ラーメンも頼むよ」

と言って、帰っていきました。

ノボル君は、自分で作った料理に、初めてお金を払ってもらえたのがうれしくて、じっと、千円札を見つめていました。

ノボル君は次の日、ぴたりとかつ丼を作るのをやめて、今度はカレーを作り始めました。肉とジャガイモ、ニンジン、玉ねぎを油でいためて、水を注いで野菜が軟らかくなるまで煮て、市販のカレールーを溶かし入れて、煮込みました。これは、よく母が作ってくれた家庭の味で、それなりにはうまいのですが、やはり店で出すカレーで

はありませんでした。

ノボル君は各種のスパイスを集め、玉ねぎや小麦粉を炒めることから始めて、本格的なカレーを作ることにしました。野菜や肉をルーと一緒に煮込んでしまうと、煮崩れてしまい「昨日の残りのカレー」になるので、野菜と肉はルーと別々に作り、最後に合わせることにしました。菊池さんにカレーを食べてもらいました。

このカレーに異論はなかったのですが、レタス、キュウリ、ミニトマトにドレッシングをかけたミニサラダより、塩、酢、オリーブオイルで和えた、千切りキャベツがしなやかになったものの方が、口の中に残っているカレーの味をさっぱり取り除いてくれるので、これに決めました。

ノボル君は中学校を卒業すると、高校に進学するのをやめて、料理の道に進むことにしました。ノボル君は、料理を作るのが楽しくて仕方がないのです。

ノボル君は、カレーを作るのを終えて、今度はオムライスを作ることにしました。オムライスを包み込む半熟卵は、迷うことなく、チキンライスをトロトロ、フワフワの半熟卵で包むことにしました。裏側のツルリとした面にトマトケチャップを載せました。

次に、チャーハンに挑みました。チャーハンは、卵の液にご飯、ベーコン、コーン、カニ蒲鉾、青ネギ、漬物の粗みじん切りを入れて、かき混ぜて、フライパンに流し入れて、焼き色がつくまで放っておく、たまにかき混ぜると、お米の一粒一粒に卵が絡まって、しっとりパラパラのうまいチャーハンができました。

ノボル君は、次に、酢豚に挑戦しました。ニンジン、ピーマン、タケノコ、シイタケは薄切りにして、油通しをします。豚肉は、厚みのある焼き肉用のバラ肉を使用して、これに片栗粉をつけて油通しをします。甘酢のアンを作り、フライパンの中に、野菜、豚肉、トマトのくし型切りを加えて、甘酢のアンとあえると、おいしい酢豚の出来上がりです。

ノボル君は、さらに、かつ丼の肉をロースに変えたり、カレーはチキンソテーにしてチキンカレー、ポークはポークカツカレー、野菜と薄切り牛肉でビーフカレー、オムライスにはほうれん草のソテーと、ジャガイモのスパイス焼きを添えました。チャーハンはカニ蒲鉾をやめて、本物のカニを使いました。酢豚の豚肉を増量しました。そして、これらの素材の質をグレードアップして、一律千円にしました。

これらの料理は、デパートのお好み食堂などで出されるようなメニューで、誰でも知っていて、誰でも好きで、誰でも注文をして食べたいと思う料理です。ノボル君は、何度も失敗を繰り返したり、試行錯誤を重ねて、誰に教えてもらうでもなく、すべて自らの経験から学んだものでした。

ノボル君は、ほかにも独自のメニューをたくさん作りだしました。料理に決まりはないのです。ノボル君は、努力家で研究熱心な良い特性を、父親から受け継ぎました。

ノボル君は「大衆食堂」の看板をそのままにして「定食」の文字を入れたのぼり旗を、国道沿いにはためかせて、店を開きました。

はじめは、菊池さんが同僚と連れ立って来てくれたくらいで、ほとんどお客は来ませんでした。そのうち、ラーメンを食べに来てくれていたお客が旗に目を止めて、店に入って来ました。お客は、店内を見渡して
「ラーメンはないの？」

と言って帰ろうとしましたが、せっかく来たのだから、試しに何か食べてみようと思い、カツカレーを注文しました。

食べてみると、かなりうまくて、十分満足しました。かつは軟らかくサクサクしていて、カレーのルーもスパイシーでうまみとコクがありました。ドライバーの間で、口コミで評判が広がり、少しずつお客が増えてきました。

そのうち、昼時には駐車場はいっぱいになり、畑のあぜ道にも車があふれました。店の前には行列ができました。無口な父親は「はあ」とか「へい」などと言いながら、

お客にオーダーを聞いて伝票に注文を書き、厨房の中にいるノボル君に渡したり、お茶を注いだり、箸やスプーンを用意したり、前のお客の食器を片付けてテーブルを拭いたり、代金を受け取ったりして、店員の役割をして、ノボル君を助けました。

そのうち、若い男性が

「修行をしたい」

と言ってきました。ノボル君は、店を手伝ってもらいながら、レシピやノウハウのすべてを教えました。

一年もすると、男性は「大衆食堂」の看板を掲げて、支店を出して独立していきました。さらに、主婦や中途退職した中年男性などが

「修行をしたい」

と言って、次々と現れて、それぞれが独立していって、各地に「大衆食堂」の支店ができていきました。洗練された都会のビルの谷間にも、プレハブの「大衆食堂」の支店が開店しました。

これまで、高級なフランス料理店で、ランチョンマットの上に二枚重ねの皿が置かれ、その中に彩の良い少しばかりの野菜と肉か魚が盛られていて、これらの料理を食べて、高額の代金を支払ってもお腹がいっぱいにならないで、どこか物足りなさを感

じていた都会の人が、面白半分に「大衆食堂」に来て食べてみると、速いし、美味しいし、量もたっぷりあって、リーズナブルな値段などに満足して、その人が友人を誘ってきて、その友人が、別の知人を連れてくるというようになって、店は混雑して、外には行列ができるほどになりました。

近隣のビルにいる人々に迷惑がかかるということで、予約制にしました。「大衆食堂」で予約制？と、たくさんの人々がいぶかる中で、予約制にしてみると、一月先も予約で埋まってしまいました。

これらの状況を、メディアが放っておくはずがありません。ノボル君のところに、あるテレビ局が取材に来て、スタジオで、ライブで料理をしてほしいという要請がありました。ノボル君は、しばらく考えてから、この要請を受けることにしました。

坂下ノボル君は、だいぶ前から「坂下シェフ」と呼ばれて、和食の名人、中華の達人、フランス料理の三ツ星シェフなどの有名な料理人と肩を並べるくらいに、その名前が世間に知られるようになっていました。坂下シェフは、もちろん、テレビに出演するのは初めてです。当日は、朝から、かなり緊張していました。

スタジオで番組が始まり、担当の女性のキャスターが、坂下シェフを紹介しました。今日のメニューは「誰にでもできる春キャベツの水炊き」です。もうすでに、男性のアシスタントによってこの日に使用する全ての材料が揃えられ、コンロの上には鍋が載せられていて、湯気が立ち上っていました。

坂下シェフはまず、ショウガの薄切りを鍋に入れ、次に豚肉のバラの薄切りを一枚ずつ、静かに入れていきます。軟らかい春キャベツは、一個全部を手でちぎって入れ、鍋のふたをして、弱火で火を通します。この間に、二種類の付けだれを作ります。一つは、醤油にカボスやゆずなどお好みの柑橘類の絞り汁、一味唐辛子を添えた、さっぱりとしたたれで、もう一つは、豆板醤、味噌、長ネギのみじん切り、ニンニク、ショウガのすりおろし、黒酢を混ぜ合わせた、こってりとした味のたれができました。ちょうど、鍋の方もできました。鍋のふたを取るのと同時に、テレビカメラがズームアップして、鍋の中を映し出しました。

スタジオにいた誰もが「あっ」というような短い声を発して、お互いに顔を見合わせました。映し出された鍋の中には、キャベツの葉の上に、大きな青虫が浮かんでいました。坂下シェフは、とっさに

「青虫もダシになります」

と言ってしまいました。

直後に、テレビの画面が真っ黒になり、白い文字で「しばらくお待ちください」と

いうテロップが流れました。一五秒ほどして、再び画面が明るくなると、女性キャスターが、アシスタントとともに

「大変申し訳ございませんでした。料理番組は終了します」

と言って、頭を下げました。坂下シェフの姿も、鍋も、跡形もなく消えていました。

その日、料理の試食に呼ばれてスタジオに来ていた女性タレントと男性のお笑い芸人は、顔に笑顔の仮面を貼り付かせて、目だけが泳いでいました。テレビの画面に映らない手と足の先は、小刻みに震えていました。女性のキャスターは、何事もなかったかのようにして、次の話題に移っていきました。

このテレビ番組が終わるか終わらないうちに、各地の「大衆食堂」の店内に電話が鳴り響きました。すべてが、予約のキャンセルを告げる電話でした。坂下シェフは「青虫料理人」と呼ばれ、揶揄されて、その名前は、地に落ちてしまいました。

この日のテレビ番組を見ていたノボル君の父親の坂下さんは、ようやく重い腰を上げて、一〇数年ぶりにラーメンの麺を打ち始めました。

ノボル君は、あの日以来、行方知れずになっています。しかし、ノボル君は、めげていませんでした。人生は、失敗をしても何度でもやり直すことができるのです。ひと月後、中国、上海の市場に、市民に交じって笑顔のノボル君の姿がありました。

あとがき

私は、二〇一二年、六十五歳の時に、筋萎縮性側索硬化症（ＡＬＳ）という全身の筋肉が動かなくなる進行性の難病と診断されました。私は、体が不自由になり、言葉も不自由になり、目も黄斑変性と網膜剥離があってあまり見えません。私はこれまで、世界の各地と中東を旅してきて油絵を描いて、三年毎に銀座の画廊で個展を開いてきましたが、病気になってからは、一人では何もできない障がい者になりました。私は絶望し生きる気力を失いました。毎日、辛くて、悲しくて、不安の日々を過ごしていましたが、二〇一九年のある日、パソコンで文章を作ることを見つけました。私が使用しているパソコンは、障がい者向けに作られた特殊なパソコンです。

Ａ４判ぐらいのディスプレイに、あいうえお盤が表示されて音声が読み上げてくれます。それを待って僅かに動く手で空気の入っているスイッチを握って、一文字一文字入力するのでとても時間がかかります。こうして三年半かかってこの本の物語ができました。私は両親から貰った命を大切にして、限りある命を大切にして、周りの人に感謝をして、毎日感謝をして、残された時間を生きていきたいと思います。

〈著者紹介〉

伊藤紀美（いとう きみ）

1946年　群馬県桐生市に生まれる。
　　　　幼少の時から重い小児喘息を患い、病弱の子供でした。
1965年　群馬県立桐生女子高等学校卒業
　　　　群馬県モーターボート競走会入社総務部経理課勤務
1972年　結婚して東京都江戸川区に居住
1975年　千葉県我孫子市に転居
2009年　茨城県取手市に居住

我孫子市に居住中、婦人服のオーダーメイドのデザイナーの仕事を川口と池袋にあったお店で12年間勤めました。洋裁教室の講師を松戸のカルチャーセンターなどで12年間勤めました。
西新宿にあったホームヘルパー養成講座に通う中、介護用シューズを考案、開発、商品化して、横浜などで開催された福祉用品展示会などのイベントで販売も行いました。この介護用シューズは2014年、香港最大の展示会場で開催されたインターナショナル、イノベーション、デザインコンペに展示参加をして金メダルを授与されました。

1990年　都内では初めての油絵の個展を六本木の画廊で開催
1991年　故郷桐生の老舗の画廊で個展を開催
1994年　この年以後、３年毎に銀座の画廊で個展を開催
2010年　最後となった個展は、イスラエルに行った時の作品を展示しました。
2012年　イランに行った時の作品を制作中ALSを発症して、これまで長い間続けてきた活動のすべてを断念することになりました。

私は、今、パソコンに向かって文章を作っているときが、一番楽しいです。油絵を描いていた時のように、時間がたつのを忘れています。

悲《かな》しい物語《ものがたり》がたくさんある本《ほん》

2023年11月30日　第1刷発行

著　者　　伊藤紀美
発行人　　久保田貴幸

発行元　　株式会社 幻冬舎メディアコンサルティング
〒151-0051　東京都渋谷区千駄ヶ谷4-9-7
電話　03-5411-6440（編集）

発売元　　株式会社 幻冬舎
〒151-0051　東京都渋谷区千駄ヶ谷4-9-7
電話　03-5411-6222（営業）

印刷・製本　中央精版印刷株式会社

検印廃止

ISBN 978-4-344-94669-9 C0093
幻冬舎メディアコンサルティングＨＰ
https://www.gentosha-mc.com/